CONSIDÉRATIONS

SUR LES

RÉVOLUTIONS

DES ARTS.

Z

1·1834

CONSIDÉRATIONS

SUR

LES RÉVOLUTIONS

DES ARTS,

DE'DIE'ES à Monseigneur le Duc
D'ORLEANS, premier Prince du
Sang.

                  Separat hoc nos
A grege mutorum ; atque ideò venerabile Soli
Sortiti ingenium. Exercendis Artibus apti
Senfum à Cœlesti dimiffum traximus arce.
                         Juv.

A PARIS,

Chez PAUL-DENIS BROCAS, Libraire,
rue S. Jacques, au Chef S. Jean.

M. DCC. LV.
Avec Approbation & Privilége du Roi.

A MONSEIGNEUR

LE DUC

D'ORLEANS,

PREMIER PRINCE

DU SANG.

ONSEIGNEUR,

Je dois tout à votre Auguste Pere. Ce Prince, le modéle des Grands & l'espoir des malheureux, daigna jetter les yeux sur les enfans d'un Officier qui, suivant les traces de ses Ancêtres

dans la carriere de la guerre, avoit acquis quelque gloire, & perdu la fortune. Mon éducation fut le premier de ses bienfaits. Depuis ce tems, il est peu de mes jours qui n'ayent été marqués par ses graces.

C'est à ce titre, MONSEI-GNEUR, que j'apporte à vos pieds ce tribut de la Reconnoissance. L'essai qu'elle vous consacre, présente à vos regards les Révolutions des Arts que vous aimez, les portraits des Princes vertueux que vous imitez, les éloges d'une partie de cette foule de Rois, & de Héros dont vous sortez.

Je suis, avec le plus profond respect,

MONSEIGNEUR,

Votre très - humble & très-obéissant Serviteur, DE MEHEGAN.

PRÉFACE.

L'HISTORIEN & le Spectateur des caufes, travaillent fur les mê-mes objets, fe propofent le mê-me but, & ont des caracteres tout différens. L'Hiftorien narre prefque toujours, & réflechit rarement : le Spectateur réfle-chit prefque toujours, & ne narre que rapidement. Le pre-mier ne réflechit jamais que pour jetter plus de jour fur les faits : le fecond n'effleure les faits que pour porter plus de jour fur les réflexions. L'un choifit avec jugement fes maté-

riaux, & les arrange felon l'ordre des tems : l'autre en confidére attentivement les faces les
plus cachées, & les place dans
l'ordre naturel des chofes. L'un
eft un machinifte qui préfente
fans ceffe une fuite de Specta-
cles frappans : l'autre eft un
connoiffeur qui fait remarquer
les beautés & les défauts ; &
qui indique fans ceffe des conjectures utiles pour la perfection
de l'Art.

Dans tous les fiécles, des
Génies éminens ont recherché
avec fruit les caufes des révolutions des Empires. Rien n'affermit mieux les trônes que la
connoiffance des vices qui les
ont renverfés. On examine ici

les caufes des Révolutions des Arts; & cette connoiffance né-ceffaire pour leurs progrès, n'eft pas inutile aux Empires. La Politique & les armes défendent, & confervent l'Etat : les Arts le font fleurir & refpecter. La Politique & les armes rendent le citoyen riche & tranquille : les Arts le rendent éclairé & heureux.

Les fuccès des efprits excellens qui auroient tenté la même carriere, ne feroient point une raifon contre ce foible Effai. Il n'en eft pas des Confidérations comme de l'Hiftoire. L'Hiftoire n'offrant qu'un certain nombre de faits intéreffans ; une de fes parties peut être traitée par un Génie heureux qui l'épuiſe & rende par conſéquent inutiles les travaux de ſes ſucceſſeurs. Le fond des Conſidérations eſt inépuiſable, parce que les faces des objets ſont infinies. Les Spectateurs, quelque nombreux qu'ils ſoient, ne peuvent ſe nuire. Ils peuvent toujours eſpérer de trouver des rapports nouveaux : Ils ont même un moyen de s'en aſſurer ; c'eſt de ne copier jamais. On eſt ſûr d'être neuf, quand on ne penſe que d'après ſoi-même.

Voici les principaux objets de ces Conſidérations : la liaiſon des Empires avec les Arts ; & les réciproques influences des uns & des autres ; les cauſes

qui les ont donnés à un Peuple,
& celles qui les lui ont ravis;
les fources de leur renouvellement chez quelques-uns; le dégré où ils ont été élévés, ou
abaiffés chez tous : l'exacte connoiffance des hommes puiffans
qui les ont protégés : la jufte
eftimation des hommes de génie qui y ont excellé : quelques
traits légers, propres à caracté-
rifer les hommes d'efprit qui y
ont réüffi : enfin un examen rapide de la nature des différens
genres de littérature; un petit
nombre d'obfervations fur les
défauts qui pourroient nuire
aux progrès de nos jours; &
quelques confeils pour remédier
à ces vices, & augmenter les
fuccès,

On a divifé ces Confidérations par âge. L'Age ne fignifie point ici ce cercle étroit d'années où l'avare Nature a renfermé notre vie fi courte par elle-même , fi longue par nos douleurs : ce mot défigne une fuite non interrompue , d'Artiftes & de Protecteurs , pendant laquelle les Arts ont refté à peu près dans le même point. Ainfi les époques des âges font prifes des Princes qui les ont fait renaître , ou des Artiftes illuftres qui y ont ajoûté une nouvelle gloire.

Chaque âge eft prefque toujours indiqué par les noms du Protecteur le plus généreux , & de l'Artifte le plus célébre , qui

ayent

ayent fleuri dans fa durée. On
n'a dérogé à cette loi , que
quand l'âge n'en offroit aucuns
dignes d'être infcrits dans les
Faftes des Lettres. Parmi les Artiftes , quand le mérite a été
égal , on a toujours préféré le
Philofophe. Un grand Poëte eft
au-deffus d'un Philofophe médiocre; mais au-deffous d'un excellent. La Vérité étant le plus
riche tréfor des hommes , ceux
qui la trouvent, en font incon-
teftablement les premiers.

On a fuivi l'ordre Chronologique dans la diftribution des
âges : dans leur détail , on l'a
entierement négligé. Ce n'eft
point ici une hiftoire , l'efclave
des dattes & des faits ; mais un

b

enfemble de Confidérations où l'on peut choifir les faits, où l'on doit négliger les tems.

On a paffé rapidement, ou l'on s'eft tû tout-à-fait fur les objets, lorfqu'ils ont paru éclaircis par d'autres : car, à quoi bon faire plus mal, ou copier?

On s'eft arrêté un peu fur les derniers fiécles ; parce que, quoique les Lettres nous naturalifent dans tous les lieux & dans tous les tems ; cependant les exemples domeftiques & contemporains, frappent davantage, & offrent des modéles plus relatifs.

Il ne refte qu'à juftifier la hardieffe dans les jugemens. En eut-elle produit de faux, elle

eſt toujours louable & nécef-
ſaire. Ce ſeroit détruire les Lettres, que de donner des limites
à la cenſure polie. Le reſpect
aveugle pour les Auteurs célébres, étoufferoit le génie, &
ne produiroit qu'une mépriſable
médiocrité : la licence, dans les
jugemens, donne l'eſſor à l'a-
me, & fait naître les talens ſupérieurs. Il eſt eſſentiel pour
les ſuccès, que le dernier Ecrivain ait droit d'accuſer le premier. On a vu des hommes bornés, indiquer les défauts des
plus éminens, & guérir ainſi la
contagion que l'autorité avoit
fait naître. Chapelain a ſervi
Corneille & la France, en cri-
tiquant le Cid. En un mot, la

République des Lettres eſt une Démocratie. C'eſt la détruire que d'ôter à ſes membres la liberté de prononcer ſur ſes chefs. Il faut que le plus vil citoyen ait contre Ariſtide le droit de l'Oſtracifme : il faut que le plus lâche ſoldat, en ſuivant le char de Paul-Emile, puiſſe chanter les fautes du Triomphateur.

TABLE

DES AGES.

Fautes à corriger.

Page 14. *ligne* 14. ou on , *lifez* ou l'on.

Pag. 36. *lig.* 21. les , *lif.* fes.

Pag. 51. *lig.* 14. de ces grands , *lif.* des grands.

Pag. 53. *lig.* 22. l'éducation de , *lif.* l'éducation reçue de.

Pag. 55. *lig.* 10. fit , *lif.* fait.

Pag. 72. *lig.* 11. raifon , *lif.* religion.

Pag. 139. titre, *Douziéme & quinziéme* , lif. *Quinziéme & feiziéme.*

Pag. 145. *lig.* 2. & 3. hommes détournés par . . . farude , *lif.* hommes , détournées par . . . fraude.

Pag. 151. *lig.* 10. Divinité des , *lif.* Divinité , des.

Pag. 154. *lig.* 2. le premier qui , *lif.* le premier pays qui.

Pag. 155. *lig.* 11. tout autre , *lif.* un tout autre.

Pag. 165. *lig.* 22. la rendirent , *lif.* ils la rendirent.

Pag. 187. *lig.* 21. nuages , *lif.* nuances.

Pag. 194. *lig.* 17. moiffona , *lif.* moiffone.

Pag. 234. *lig.* 16. douceur ne, *lif.* douceur de.

Pag. 242. *lig.* 16. a vérité , *lif.* la vérité.

CONSIDERATIONS

CONSIDÉRATIONS
SUR
LES RÉVOLUTIONS
DES ARTS.

 'ART eft l'union de plufieurs réflexions, dont l'enchaînement tend à un but utile ou agréable.

L'inftinct dans les animaux eft éclairé : il les dirige fûrement au but qui leur convient. Dans les hommes il eft aveugle ; il ne fait qu'indiquer le befoin. La raifon en cherche l'objet par le fecours des réflexions incertaines & défunies ; & l'art raffemble ces réflexions, pour procurer plus vîte & plus

A

fûrement l'objet que demande l'inftinct.

L'homme eft une machine organi-
fée où préfide une intelligence. Tous
les Arts tendent à ce double rapport.
Les uns ne regardent que la machine ;
les autres feulement l'intelligence ;
d'autres enfin regardent en même tems
& la machine & l'intelligence. Les premiers s'appellent *Arts Méchaniques* ;
les feconds , *Sciences* ; les derniers ,
Beaux-Arts.

On demande ordinairement , & on
recherche laborieufement l'époque de
la naiffance des Arts. Elle égale l'origine
du monde. Les befoins , l'utilité ; les
douleurs, les plaifirs ; le defir de fçavoir ,
le penchant à imiter les firent éclore avec
l'Univers. Les nombreux fléaux qui af-
fligent l'humanité , ont forcé de tout
tems les hommes à chercher des fecours
qui en réparaffent les foibleffes , ou qui
en adouciffent les difgraces. De tout

tems les défordres qui pouvoient naître des paffions, ont engagé les fociétés naiffantes à former des conventions fages qui en réglaffent la vivacité, ou qui en réprimaffent l'injuftice. De tout tems des efprits ardens qui avoient intérêt de perfuader les autres, ont ufé de ces tours vifs, & de ces images frappantes que leur fourniffoit une féconde imagination. De tout tems des efprits délicats ont exprimé leur joye par des expreffions vives & concifes, accompagnées d'une cadence marquée, & d'une harmonie particuliere. Le plaifir qu'éprouvoient nos premiers peres à entendre les chants dont retentiffoient, au retour de l'Aftre du jour, les bois qu'ils habitoient, fit trouver cet Art enchanteur qui regne fi agréablement fur nos oreilles. La douce fatisfaction que donne la vûe de la nature, les engagea à tracer par des couleurs confules les objets qu'ils admiroient ; &

leur main groſſiére ébaucha ſur une vile argile les traits informes par leſquels l'amour voulut exprimer la beauté. De tout tems, des génies contemplatifs ont été frappés des Phénomenes & de l'arrangement de cet Univers , & en ont recherché par de ſublimes travaux ou les obſcurs effets , ou les cauſes impénétrables. Heureuſe vanité , ſource féconde de cette multitude d'Arts , qui paroiſſant ſpéculatifs , ſemblent n'offrir que peu d'avantages , mais qui par l'élévation ou la juſteſſe qu'ils donnent à l'eſprit , procurent cependant de ſi grandes utilités !

Par tout l'utilité des Arts ou leurs graces leur ont gagné des ames délicates qui les ont aimés , & des ames fortes qui les ont cultivés. Par tout leur paiſible obſcurité ou leurs vives lumieres ont ſuſcité des ames foibles qui les ont négligés , des ames proſſiéres qui les ont dédaignés , des ames vicieufes qui les ont perfécutés. Dans le plus grand nombre des Peuples , l'indigence & la difcorde , la licence & l'efclavage en ont étouffé les germes. Dans quelques Nations , un efprit inventif , une heureufe abondance & une fage liberté ont laiffé à des génies éminens la facilité de cultiver ces plantes délicates , & d'en tirer ces fruits précieux qui ont fait le charme du monde , & ajouté une gloire fi aimable à leur Patrie.

Comme les befoins du corps font plus preffans & nous frappent davantage , les Arts ont été perfectionnés plus vîte , à proportion qu'ils avoient plus de relation avec lui. Ainfi l'Agriculture a précédé les beaux Arts , & les beaux Arts ont précédé la Philofophie. Entre les beaux Arts mêmes , ceux qui approchent le plus de nos fens , ont réuffi plutôt. Ainfi l'Architecture a fleuri avant la Sculpture ; & celle-ci avant

la Peinture. Le monde avoit des chef-
d'œuvres dans les deux premiers genres, tandis que l'Art des couleurs étoit
en enfance.

Les progrès de l'Eloquence, de la
Poësie & de toutes les sciences ont été
encore plus lents. Outre la raison pré-
cédente, un obstacle particulier en rendoit les succès impossibles.

Les Arts ne se perfectionnent que
par la suite des réflexions de plusieurs
âges. Le pere transporte son fils au point
où il étoit resté : le fils ajoute un se-
cond espace, & place à son tour, au
terme de sa course, la génération sui-
vante. Cette génération en fait autant
pour celle qui la remplace, jusqu'à ce
qu'en avançant toujours peu à peu,
on soit parvenu à l'extrêmité de la carriere. Mais pour cela, il faut que les
monumens des siécles précédens sub-
sistent, afin qu'ils indiquent au siécle
qui suit, le point où l'on est parvenu.

L'Eloquence , la Poëfie , & toutes
les fciences ont été privées long tems
de cet avantage. On n'avoit aucun
moyen d'en tranfmettre les travaux à la
poftérité. Les progrès des peres fe per-
dirent donc pour les enfans , jufqu'à ce
qu'on eut trouvé l'art de rendre la pen-
fée fenfible. Alors les Peuples les plus
éloignés furent en état de fe commu-
niquer leurs réflexions ; & les peres du
fein du tombeau, inftruifirent la poftérité la plus reculée.

Il y a apparence que l'on commença à fe fervir d'hierogliphes. Ces images des objets que l'on veut faire connoître aux autres, font en effet la maniere la plus naturelle d'exprimer fes
penfées. Auffi n'eft-il point de Peuple,
quelque fauvage qu'il foit, qui n'en
ait quelqu'efpece. Mais ce moyen bon
peut être pour des Peuples voifins de la
ligne où l'imagination plus vive fe repréfente aifément les chofes dont elle

apperçoit les images, n'a pas le même avantage pour les nations moins éloignées du pôle, où l'efprit plus lent donne une mémoire moins nette & moins active. D'ailleurs les hyérogliphes ont le défaut de ne fe ployer que difficilement aux nuances délicates ; & ce font ces nuances qui donnent la perfection aux Arts.

Ils languirent jufqu'à ce qu'on eut trouvé cette méthode prompte & facile de fignifier tout par des caracteres qui ne fignifient rien ; & qui ne repréfentant d'eux-mêmes aucune idée, font par cette raifon fufceptibles de fe ployer à toutes.

L'Egypte & la Chaldée font dans notre hémifphere les premiers Pays où l'on trouve l'Ecriture telle que nous l'avons à préfent. C'eft auffi là que l'on voit commencer toutes les Sciences, & les beaux Arts fleurir pour la premiere fois : c'eft là que l'on commence à découvrir quelqu'Aftronomie : c'eft là que l'on voit quelques veftiges de la Médecine : la Géométrie trouva fes premiers calculateurs à Memphis : le Magifme , cette Religion fi mal connue , la plus refpectable de toutes les fauffes , prit naiffance dans les Plaines de Babylone : les Annales de ces Pays embraffent le plus de fiécles , & offrent les époques les plus reculées : leurs Loix font les premieres que l'on connoiffe dans l'Univers ; & les monumens qui embellirent les rives de l'Euphrate & du Nil , firent encore la merveille des fiécles les plus éclairés. Enfin Zoroaftre & Hermès font les premiers Sçavans dont s'honore l'hiftoire des Arts ; comme Semiramis & Sefoftris font les premiers héros protecteurs à qui ils doivent leur hommage.

L'extrême fertilité du fol , qui laiffoit aux cultivateurs de ces heureufes régions le loifir de penfer , fut la caufe de cet avantage ; & la tranquillité de l'efprit que l'abondance & la gloire donnoient à ces Nations , le principe de leurs fuccès.

Il eft difficile de fixer exactement le degré où ils furent portés ; peu de monumens nous les indiquent. On a cependant une préfomption de beaucoup de poids : c'eft l'admiration que les fiécles fuivans ont eue pour l'Affyrie , & fur tout pour les beaux jours de l'Egypte. Vous les voyez frappés de fa fageffe , & applaudir à la beauté de fes Loix. Les Peuples les plus polis y vont chercher des régles de mœurs ; & les plus grands Philofophes y puifent les lumieres & les vertus. Les Livres de Moyfe en font une nouvelle preuve. En effet , indépendamment de l'infpiration divine , on trouve dans beaucoup d'endroits une force & des beautés qui indiquent un efprit cultivé ; & leurs Auteurs ne s'étoient inftruits qu'en Egypte.

L'Art de l'Ecriture resta long tems renfermé dans l'Egypte & dans l'Asie ; & l'Europe l'ignora. Les mers qui séparoient ces parties du monde , rendoient la communication impossible. La navigation étoit inconnue ou trop grossiere pour qu'on osât s'exposer si loin. Mais lorsqu'elle eut été inventée ou perfectionnée , le commerce s'ouvrit entre les différentes parties de la Terre ; & les découvertes de l'une passerent jusqu'aux extrêmités de l'autre.

Les Phéniciens sont la premiere Nation Maritime que nous offre l'Histoire. Ces Peuples unirent les premiers l'Europe à l'Asie par le commerce : ils transmirent à l'une les inventions de l'autre , & parmi elles l'Ecriture qu'ils avoient puisée chez les Egyptiens. Bienfait du transport qui leur valut la gloire de l'invention.

La Gréce fut le premier Pays de

l'Europe à qui cette découverte fut communiquée : elle y caufa une révolution totale qui tourna au profit du Génie & des Arts.

PREMIER AGE.

800. ans avant JESUS-CHRIST.

LICURGUE, HOMERE.

LA Gréce, avant la connoiſſance de l'Ecriture, étoit, comme toutes les autres parties de l'Europe, eſclave, ignorante & barbare.

L'impoſſibilité de fixer des conventions ſages que toute une ſocieté pût connoître facilement pour éviter ou décider les diſputes de l'intérêt ; cette impoſſibilité, dis-je, menoit néceſſairement à l'un de ces deux partis ; ou de laiſſer regner une entiere licence, ou de remettre la déciſion de tous les débats au jugement d'un ou de pluſieurs hommes, qu'il falloit armer d'une autorité ſans bornes ; c'eſt-à-dire, qu'il falloit choiſir entre l'Anarchie & le

Defpotifme. Comme ce dernier avoit
un peu moins d'inconvéniens , on s'y
étoit arrété. Mais lorfqu'on eut trouvé
un moyen facile de peindre la raifon &
de la rendre vifible ; que par conféquent
chaque citoyen put aifément connoître
les régles dont on étoit convenu; qu'ainfi
le coupable ne pût s'excufer fur l'ignorance & l'arbitre alléguer l'oubli ; alors
l'amour de la liberté immolé à la crainte de la licence, reprit fes droits dans
les cœurs des Grecs ; & bientôt après ,
ou l'on bannit entierement les Maîtres ,
ou on les réduifit à la fage modération
des Monarques. Alors une honnête
confiance regna à la place d'une timidité fervile. Les ames furent élevées.
On penfa plus , & plus noblement.
L'induftrie qui ne fut plus gênée, amena l'abondance , & celle-ci le loifir &
les Arts.

Pour comble de bonheur , il parut ,
peu de tems après , un de ces Génies

rares capables de ranimer les autres, &
deftinés à leur fervir de modéle.

On doit mettre une grande différence entre Homere & fes Ouvrages. L'I-
liade & l'Odyffée font remplies de foibleffes & de puérilités : il faut être bien
aveugle pour n'en pas convenir ; mais
il faut y voir peu pour ne pas s'appercevoir que fes défauts font les défauts
du tems, les effets néceffaires de l'enfance où Homere a trouvé la raifon ;
que dans tout ce qui étoit à la portée
du Génie de fon âge , il éclate de fublimes beautés; qu'il a aggrandi l'imagination de fes contemporains ; qu'il
leur a montré des idées nouvelles , &
fait fentir une harmonie inconnue ;
qu'enfin c'eft à lui que fa Patrie eft re-
devable de la naiffance de ce goût
qu'elle a porté dans la fuite fi loin ,
& tranfmis à tous les autres Peuples.

Ce Poëte eft en effet le Patriarche
de la Littérature ; & cette idée qui naît

de fes Ouvrages, eft démontrée par ce qu'on découvre dans le tems qu'ils furent connus. On voit alors l'Efprit humain s'élever, le germe des fciences fe développer, tous les Arts tentés, & quelques uns perfectionnés. L'Iliade & l'Odyffée étoient des Phénomenes pour ce fiécle. La force des penfées, le charme des images, la douceur de l'harmonie enchanterent tous les Grecs. On veut toujours imiter ce qu'on admire. Ceux qui fe crurent affez de forces pour marcher fur les pas de ce grand homme les éprouverent. Quelques-uns le firent avec fuccès : on leur applaudit. Les éloges qu'on donne à un Artifte qui réuffit, font un moyen infaillible de lui faire des rivaux. Il en nâquit en foule ; & dans ce grand nombre il y en eut d'excellens. Un Art qui réuffit attire tous les autres, parce que ceux qui ne fe fentent pas des difpofitions pour les cultiver, jaloux cependant

pendant de la gloire qu'on y acquiert,
cherchent à en mériter une femblable
en s'ouvrant des routes différentes.

Héfiode, bien inférieur à Homere,
grand cependant lui-même, jetta dans
fes tableaux de la vie champêtre, des
graces riantes, & des fleurs que la faulx
du Temps n'a pas encore moiffonnées.
Les autres genres de Poëfie étoient lan-
guiffans. Tous les beaux Arts commen-
çoient à être ébauchés par des crayons
timides. Le germe des fciences fe développoit à peine fous les foibles mains
qui les cultivoient. La feule Jurifprudence prenant déja un effor fublime,
faifoit fentir aux hommes tous les avantages d'une fociété établie fur fes principes. Licurgue, le plus étonnant des
Légiflateurs, offrit dans cet âge le fpectacle unique d'une Ville libre & tranquille, où tous les Citoyens égaux ne
connoiffoient de diftinction que le mérite éminent; & où ce mérite, plus

B

fréquent que par tout ailleurs , n'avoit pourtant d'autre éguillon & d'autre prix que l'admiration.

On ne peut nier cependant que dans toutes les Loix que reçut la Gréce alors , il n'y eut quelque chofe de dur & même de féroce ; mais il faut obferver les circonftances du tems où les Légiflateurs les portoient. Les Peuples groffiers jufqu'alors , fortoient à peine de leur barbarie. Accoutumés à un lâche efclavage , ou à de perpétuels brigandages , des Loix douces n'auroient point corrigé les mœurs. C'étoient ou des animaux ftupides à qui il falloit montrer durement les routes de la vertu ; ou des lions féroces qu'il étoit néceffaire de charger de chaînes pefantes.

On les rendit plus légeres à mefure que le tems amena un changement dans les caractéres. Il fut rapide. Cette nation étoit naturellement ingénieufe & douce. Les Arts y portoient tous les

jours une nouvelle clarté ; & la Religion formée vraifemblablement dans
cet âge , étoit une nouvelle fource de
lumiere & de vertu.

On fe repréfente ordinairement la
Mythologie comme une Religion bizarre : elle mérite ce titre , fi on la con-
fidere mêlée avec toutes les Fables dont
le peuple & quelques Poëtes l'ont défi-
gurée : mais prife en elle-même , elle
eft peut-être le chef-d'œuvre de l'imagination humaine.

Qu'eft-ce en effet qu'une Religion
qui préfente la Divinité dans tous les
objets que nous offre la nature ; qui
nous montre fes caracteres dans les plus
ingénieufes allégories ; qui nous peint
fes bienfaits fous les plus gracieux emblêmes ; qui nous trace nos devoirs fous
les plus nobles & les plus frappantes
images ?

On fe révolte contre cette foule de
Dieux que femble enfeigner la Mytho-

logie : il s'en falloit bien cependant que
ses Auteurs sussent Politheistes : ils
étoient Philosophes ; & il est démontré
que l'unité d'un Dieu a toujours fait
la base de la Religion des sages. Ces
Déités si nombreuses n'étoient qu'autant d'attributs personifiés, autant de
miroirs ingénieux, où des Génies élevés faisoient refléchir les idées qu'ils
avoient conçues de l'Etre suprême &
de la nature, trop éclatantes pour être
apperçues en elles-mêmes par les yeux
ordinaires.

Vouloient-ils enseigner au peuple
l'éternité de Dieu & cette Providence
immuable créatrice du monde, & mo-
trice de ses ressorts ? c'étoit un destin
dont l'existence se perdoit dans l'abîme
des tems, un destin inflexible dans ses
decrets, comme immuable dans son es-
sence, prévoyant tout, ordonnant tout,
soumettant tout.

Vouloient-ils montrer la puissance

de l'Etre fuprême ? C'étoit Jupiter pere des Dieux, fi grand que rien même ne pouvoit être le fecond après lui : Jupiter regnant dans la partie la plus élevée des Cieux, fur un trône entouré de la Majefté ; la foudre à la main, la mort & la terreur à fes pieds ; voyant tout d'un coup d'œil ; remuant tout avec un figne ; confondant tout d'un feul regard ; animant tout d'un feul mot.

Vouloient-ils peindre Dieu regnant fur les flots ? C'étoit Neptune armé d'un trident, traîné par les Monftres de la mer, volant fur les ondes irritées, foulevant les vagues à fon gré, ou calmant les orages par fa feule préfence.

Quand ils montroient dans la nuit du tombeau un Juge équitable donnant le prix à la vertu, & les peines aux crimes, fi fouvent refufées dans la lumiere du jour ; c'étoit Pluton, ou-

vrant d'un côté des gouffres de feux,
animant d'horribles & impitoyables
Furies hériflées de ferpens, & armées
de foüets vengeurs ; de l'autre condui-
fant l'Innocence dans des plaines fer-
tiles fous des climats heureux, à l'ombre des plus rians boccages, toujours
verds, toujours tranquilles, toujours
retentiffans des fons les plus harmonieux ; toujours embellis des graces de
Flore & des richeffes de Pomone.

La Prudence accompagnant une héroïque valeur, c'étoit Pallas fortant
armée de la tête de Jupiter. Le féroce
courage d'un conquérant injufte ; c'é-
toit l'infenfée Bellone couverte de fang,
environnée de flammes, écrafant fous
fon char les têtes des innocens mortels. La Difcorde paroiffoit armée de
flambeaux & d'un poignard effrayant :
l'Amitié étoit environnée de fleurs, &
foutenue par la Félicité : les Vautours
rongeoient la Perfidie : une douce fé-

rénité annonçoit le calme de la candeur : la Beauté, cet aimable préfent du Ciel, & ce charme de la Terre ; c'étoit Venus entourée des Graces, foutenue par les Plaifirs, fourniffant des armes dorées à un enfant aimable : le Génie élevant les ames & infpirant les beaux Arts, c'étoit Apollon, le fils le plus cher du plus puiffant des Dieux, regnant au milieu des Mufes fur un mont toujours verd, & enchantant les mortels par les fons de fa lyre.

Ainfi toute la nature fe peignoit aux yeux des Grecs par cet heureux coloris : toute la nature offroit la Divinité à leurs hommages, fes bienfaits à leur reconnoiffance, les vertus à leur amour.

Les Génies s'élevoient par ces images ; les Poëfies s'en embelliffoient ; les talens s'animoient : tous les refforts fe déployoient, & tous les Arts cultivés avec fuccès montroient déja une perfpective brillante. Le Génie étoit encore en enfance, mais dans une enfance mâle qui promettoit une heureufe virilité.

SECOND AGE.

600. ans. avant JESUS-CHRIST.

SOLON, SAPHO.

LE fecond Age préfente une époque mémorable , celle des fept Sages. C'étoient des Citoyens qui confacroient tous les momens de leur vie à s'éclairer l'efprit , & à fe former le cœur. Ils cultivoient toutes les fciences , & même les Arts aimables : mais leur étude avoit deux principaux objets , la nature & l'homme.

On ne doit pas juger des Philofophes per les traits dont le gros des Hiftoriens les a peints. Un Hiftorien dont l'efprit eft borné , exprime aifément un conquérant. Il ne s'agit dans ce tableau que d'une fuite d'actions frappantes, qui le plus fouvent n'exi-

C

gent dans le Peintre ni élévation ni
finesse. Nous avons de bonnes Histoires de révolutions faites par des esprits
foibles. Mais faut-il peindre un Politique habile, ou transmettre à la postérité la vie plus intéressante encore
d'un Philosophe & d'un Sage? Les nuances déliées qui composent le mérite de
ceux-ci, échappent entierement à un
pinceau grossier. L'Artiste qui ne se
sent point en état de suivre son héros
dans les efforts de Génie, & de le sai-
sir dans ces momens où son ame s'éle-
voit, abandonne cette partie ; & se
contente de se le représenter dans des
circonstances communes qui sont à sa
portée ; ou même dans quelques foiblesses inséparables de l'humanité.

Jugeons des hommes de génie par
leurs travaux, quand ils nous restent,
par les lumieres qu'ils ont communi-
quées à leur Pays, & par les respects
que leur siecle & la postérité ont eus

pour eux. Ce font des fuffrages qui
ne trompent jamais , quand il s'agit
d'hommes qui n'ont eu en main ni
les peines ni les graces. Un citoyen obfcur qui s'éleve eft obligé d'arracher
les éloges de fes contemporains. Il
peut quelquefois lès éblouir ; mais le
preftige n'eft jamais long , & il paye
avec ufure par de longues humilia-
tions le court plaifir de l'ufurpation.

Les Sages de cet âge jouiffoient de
la plus haute confidération : les Rois
les invitoient à l'envi , & fe félicitoient
comme d'un de leurs plus grands avantages , du bonheur de les poffeder. Ils
les traitoient comme leurs amis , fouvent comme leurs Maîtres. Ils ne
croyoient point honteux de foumettre
les avantages de la fortune à des hommes que la nature avoit placés au-deffus d'eux par le plus bel appanage de
l'humanité. Ils les confultoient fans
honte ; ils differtoient avec eux fans

préfomption ; ils les obligeoient fans orgueil. Ces Sages fe montroient dignes de ces égards par leur modeftie dans les difputes , leur dignité dans les hommages qu'ils rendoient au rang, & fur tout par une probité délicate qu'ils ne deshonoroient jamais par des noirceurs. Ils croyoient que l'élévation de l'efprit ne donne droit au refpect que quand elle eft employée à faire le bonheur des autres. Ils fe piquoient d'être toujours vertueux & vrais. Auffi ne les voyoit-on jamais commencer par encenfer avec baffeffe les Grands qui les aimoient , & finir par les déchirer avec fureur.

La Morale & la Poëfie Lyrique brillerent dans cet age. La rapidité de ces progrès vient de ce que l'un & l'autre demandent peu de fecours étrangers , & beaucoup de génie naturel. Pour le premier genre , il fuffit d'avoir une pénétration vive , une raifon

forte , & un cœur droit. Pour le se-
cond il ne faut que de l'imagination &
du sentiment.

Les Philosophes les plus respectables
de ce tems sont Solon , qui donna aux
Athéniens des Loix qui firent si long
tems leur bonheur : Thalès qui ensei-
gna avec tant de charmes les vertus
qu'il pratiquoit avec tant de candeur :
Pythagore à qui sa douceur inspira
des dogmes moins approuvés par la
raison , que justifiés par l'humanité ;
illustre encore par les progrès qu'il fit
dans les Mathématiques , & les découvertes dont il éclaira cette science naif-
sante.

Parmi les Lyriques , Alcée se distin-
gua par la force ; Anacreon par la
finesse ; & Sapho par la peinture de
l'amour qu'elle exprima aussi vive-
ment qu'elle le sentit.

Thalès fut celui qui cultiva l'Astro-
nomie avec le plus de succès ; mais

cette science , fille du Tems , rampoit
entre ses mains. Il forma aussi un systême du Monde qui a eu le sort des autres , d'éblouir ; de faire disputer : de
tomber , & de renaître long - tems
après , sous des noms nouveaux. Thes-
pis montra le premier l'illusion du
Théâtre ; on sçait avec quelle barbarie.
On ne voit aucun Orateur illustre de
ce tems. Il y avoit peu de Gouvernemens libres ; & c'est cette liberté qui
donne la force à l'Eloquence.

L'Histoire cite des morceaux d'Architecture qui indiquent les progrès
de cet Art. La Sculpture & la Peinture
ne furent pas moins heureuses. Tous
les Arts étoient cultivés , & la plûpart
portés assez loin. On ne peut cependant encore regarder cet âge que comme une aurore , mais une aurore qui
annonçoit le jour le plus serein & le
plus lumineux.

L'inondation & les ravages des Barbares troublerent les paifibles travaux de la Grece. Les triomphes qui fui- virent cet orage , les placerent au comble de leur gloire. La gloire des ar- mes influe toujours fur celle des Arts ; & parce que l'ame de l'Artifte frappée par de plus grands objets s'aggrandit avec eux ; & parce que les fuccès de fa Nation aufquels il n'aura cependant point contribué , ne laiffent pas de lui infpirer une confiance , qui toute bi- farre qu'elle eft , annoblit fes idées.

TROISIE'ME AGE.

500. ans avant JESUS - CHRIST.

PERICLÈS, SOCRATE,

ALEXANDRE.

C'Eſt dans le ſein des victoires d'A-
thénes que commence le troiſiéme
Age ; cet Age ſi long , ſi brillant , le ſu-
jet de l'admiration de ceux qui l'ont
ſuivi , l'objet de leur émulation , &
la ſource de leur gloire. Ce fut alors
qu'on vit la liberté née du ſein des
Loix , donner l'abondance , les lumieres & la valeur ; une foule de Héros
mêlée à une foule d'Artiſtes dans une
Ville qui ſembloit compoſée d'autant
de connoiſſeurs que de citoyens. Ce
fut alors qu'on vit les cizeaux des Phidias & des Praxitelles tirer les Dieux
& les Graces des marbres les plus durs ;

les fourneaux de Lyſippe forcer les
métaux à prendre les fineſſes les plus
imperceptibles des traits ; les pinceaux
de Zeuxis & d'Apelles colorer l'ame , &
fixer ſur la toile ſes mouvemens les
plus délicats. Ce fut alors que Thucidide donna à l'Hiſtoire cette noble
ſimplicité qui fait ſon caractere ; qu'I-
ſocrate prêta à l'Eloquence ces graces
d'imagination qui flattent les eſprits ;
Periclès , ces mouvemens de paſſions
qui ſéduiſent les cœurs ; & Demoſthé-
nes cette force de penſées qui entraîne
la raiſon. Ce fut alors qu'Eſchile plaça
ſur le front de Melpoméne cette horreur qui trouble ſi agréablement le ſpec-
tateur ; Sophocle , cette fiere majeſté
qui les éleve ; & Euripide , cette douleur touchante qui leur arrache des
larmes ſi douces ; qu'Ariſtophane inſ-
pira quelquefois à Thalie un utile enjoûment ; & Ménandre toujours une
rare & précieuſe vérité de caracteres.

Ce fut alors que la raifon humaine
parut dans toute fa grandeur ; qu'A-
riftote développa de fi folides leçons
de politique & de morale ; qu'Anaxa-
gore fonda les profondeurs de la Métaphyfique ; qu'Afpafie apprît à fon fexe , à dédaigner les préjugés. Ce fut
alors que Socrate , le premier des hommes , enfeigna avec tant de fineffe ,
d'agrement & de douceur , cette fageffe développée par Platon , avec tant
de fublimité.

Les ruines d'Athénes & de Corinthe
ont montré long-tems à l'Univers l'ancienne magnificence de leurs Palais &
de leurs Temples ; & fi le tems nous a
ravi les monumens de la Mufique des
Grecs , ce que l'Hiftoire dépofe unanimement fur les effets de cet Art , fait
conjecturer des fuccès prodigieux.

Ces jours heureux durent jufqu'à la
mort d'Alexandre. Ce Prince le plus
refpectacle de ceux qui ont nui aux

autres; ce Prince qui aimoit les Arts, qui s'y connoiſſoit, qui les récompenſoit avec tant de grandeur; ce Prince-là même leur porta des coups mortels. Pendant qu'il les faiſoit monter ſur ſon Char de-triomphe, il leur raviſſoit la ſource de leurs ſuccès, en opprimant la liberté de leur Patrie. C'étoit les ſoumettre à ſes ſucceſſeurs qui pouvoient ne les pas aimer. En effet, ces Uſurpateurs porterent le fer & le feu dans le ſein de la mere des Arts, & les forcerent à aller chercher un azile dans des climats qui leur étoient étrangers. Heureuſement, après avoir erré quelque tems, ils en trouverent un magnifique à la Cour des Ptolomées; & c'eſt à cette tranſmigration, que commence le quatriéme âge.

QUATRIE'ME AGE.

300. ans avant JESUS-CHRIST.

PHILADELPHE ET ARCHIMEDE.

CE nouvel âge n'eſt point auſſi beau que le précédent. Ce ſont des Plantes arrachées à leur ſol naturel, & privées de cette douce liberté, qui ſeule leur prête leur force & leur éclat. On y trouve cependant encore des hommes excellens ; & le Muſeum d'Alexandrie n'eſt point indigne d'être ſorti du Licée d'Athénes. On y voit même des genres plus perfectionnés. Théocrite donne à la Paſtorale de nouvelles graces. Ariſtarque montre une critique plus fine & plus ſure. Callimaque fait briller dans les Poëſies une légereté nouvelle ; & dans le même tems, le grand Archimede pénétre en Sicile les fecrets des Mathématiques , & déploye pour fa patrie , toutes les merveilles des forces mouvantes.

Lorfque les Lettres font fondées fur le goût d'une nation libre , leurs progrès font certains & durables : mais lorfqu'elles n'empruntent leur éclat que des bienfaits du Prince, leurs fuccès font peu furs & chanchelans. On les voit trop fouvent s'enfevelir avec leur Protecteur. C'eft ce qui arriva à Alexandrie. La foible & cruelle poftérité de Philadelphe , les dédaigna & leur ravit les honneurs dont ce Héros les avoit comblées : un de fes defcendans alla même jufqu'à les haïr. Elles fuirent alors de l'Egypte ; & étrangeres par tout , elles auroient péri , fans une révolution heureufe , qui leur procura une nouvelle Patrie.

CINQUIE'ME AGE.

250. ans avant JESUS-CHRIST.

SCIPION, ENNIUS.

ROme uniquement occupée de fa grandeur, contente de cultiver l'Art Militaire qui lui en afluroit les projets, dédaigna long-tems, ou plutôt ignora tous les autres : mais le bon fens qui regnoit dans cette nation, étoit un germe de toutes les Sciences, qui ne demandoit qu'une occafion pour fe développer. Les guerres de Macedoine la firent naître. La Grece, devenue le théâtre des Conquêtes Romaines, parut à fes Vainqueurs un monde nouveau. Cette foule de Chef d'œuvres, qui y frapperent leurs yeux, les enchanta. La politeffe & l'aménité de ce Peuple, leur infpi-

rerent du refpect pour lui. Ils appri-
rent bientôt fa langue, & ils furent
encore plus ravis de la fageffe, de la
force & de l'harmonie qu'ils décou-
vrirent dans fes Ecrits. Ils fentirent
qu'il y avoit un autre mérite que celui
de la valeur. Une noble émulation
s'empara de tous les efprits. Rome entiere fe livra au plaifir de penfer. En-
vain le févere Caton voulut-il s'oppofer à cet heureux torrent : il fut obligé
lui-même d'en fuivre le cours. Les
circonftances étoient favorables. On
commençoit à jouir d'une tranquillité
inconnue jufqu'alors. Carthage expi-
rante délivroit les Romains de l'inquiétude que leur avoit toujours donnée cette redoutable rivale. De plus,
celui à qui on devoit ce calme, le
Grand Scipion aimoit les Arts & les
protégeoit. L'autorité d'un homme fi
confidéré, décida leur fort. On éleva
des théâtres : on bâtit des portiques :

on emboucha la Trompette héroïque : on tenta la Satyre ; & l'Eloquence prît dans la Tribune une nouvelle majeſté. Ce fût à ce dernier genre qu'on s'attacha le plus. On ſent de quelle importance étoit le talent de la parole, dans une Ville où tout ſe faiſoit par la voie de la perſuaſion. Les Tribuns du Peuple, ces Magiſtrats dont toute la grandeur dépendoit de le ſéduire, avoient ſur tout interêt de cultiver un Art qui regne ſur les volontés : & les Graques le pouſſerent fort loin. Plaute brilla le premier ſur la Scène. Plaute qui lui prêta quelquefois d'heureuſes plaiſanteries, mais qui la déshonora ſouvent par de baſſes bouffonneries. Terence lui donna plus de vérité & plus de fineſſe, mais il eſt froid & trop uniforme dans ſes caracteres. Lucile déploya le funeſte talent de médire, talent qu'on ignoreroit, ſans les témoignages d'un ſiécle plus éclairé, peu favorables

vorables fur fon compte. Enfin Ennius
ofa fuivre les pas d'Homere ; & les
fragmens qui nous reftent de ce Poëte,
montrent quelque force dans le genie,
& peu de graces dans le ftile.

Ce premier âge de la Littérature
latine eft foible , fi on le met en parallele avec quelques autres ; mais, confidéré en lui-même , & comparé feulement à l'extrême ignorance qui l'a précédé , il eft des plus étonnans pour la
vivacité des progrès. Il dura peu. Les
guerres cruelles de Marius & de Sylla ,
firent taire les Mufes. Comment ces
filles de la paix auroient-elles pû faire
entendre leurs voix dans un Empire,
où la difcorde , les crimes & la foif du
fang avoient faifi tous les cœurs ? La
mort du Dictateur , & la paix rétablie
par la prudence de Pompée , ramene-
rent les Lettres. Cependant l'agitation
continuelle des factions différentes ;
l'avidité des honneurs ouverts à tous

D

les Citoyens ; plus que tout cela , le
préjugé qui fubfiftoit toujours contre
les Arts , dans une Ville où les armes
fembloient l'unique occupation digne
d'un Citoyen ; tant d'obftacles les auroient laiffés dans une éternelle foibleffe , fans deux de ces hommes faits
pour changer les fauffes idées de toute
une Nation.

CESAR, CICERON.

On fçait jufqu'où Ciceron porta
l'Eloquence : les *Verrines* & les *Ca-
tilinaires* , montrent toute fa force ;
la *Manilienne* tout fon Art , & la
Marcellus toutes fes graces. Il étoit
d'ailleurs un excellent homme d'Etat.
Les Philippiques & plufieurs de fes
Lettres , prouvent qu'il étoit l'ame du
Senat Romain ; & Sallufte , qui n'eft
pas un témoin fufpect , quand il lui eft
favorable , préfente toute la fageffe de

cet Orateur, dans le trouble qui agita
.on Confulat.

Ciceron étoit un fage ; on découvre dans fes Tufculanes, un efprit élevé, qui fçait apprécier les opinions des hommes. Il étoit Philofophe. Qui jamais a peint avec plus de charmes, les devoirs de la Sociéé ; fixé avec plus d'agrémens, les loix de l'amitié ; donné de plus douces confolations à la vieilleffe ? Il n'y avoit point d'Art auquel il ne fe connût, & qu'il n'aimât. Tous fes Ouvrages font pleins du defir d'en avancer les progrès. On le vit en Sicile commencer fon Proconfulat, par aller chercher lui-même le tombeau d'Archimede, & s'applaudir de la découverte de ce morceau qui n'avoit que le mérite de lui rappeller un Sçavant, comme de celle d'un précieux tréfor.

Ciceron fut encore bon ami, bon frere, pere & époux tendre, & le Citoyen le

zélé. Dans le tems des guerres civiles,
il eut la générofité de refufer l'honneur
du triomphe, comme peu compatible
avec les malheurs de fa Patrie. Heureufement pour les Arts, cet homme
réuffit & s'éleva, par fon feul mérite,
aux plus grands Emplois. C'étoit déja
beaucoup, que d'avoir rendu les talens refpectables, en les montrant aux
Romains, unis aux vertus les plus tendres : c'étoit encore plus de les rendre
chers à ce Peuple ambitieux, en montrant qu'ils pouvoient être la route aux
honneurs. Pour comble de bonheur,
il eut l'occafion de devenir le falut de
Rome : c'étoit convaincre fes Concitoyens, que le génie lui feul étoit capable de rendre plus de fervice que les
armes mêmes. Jufques-là, on n'avoit
regardé avec admiration, que ceux
qui montoient au Capitole, fuivis des
Princes infortunés dont ils avoient fait
les malheurs : on connût alors un nou-

veau genre de gloire, au moins égal au premier : c'étoit inviter cette nation, qui en fut toujours si jalouse, à cultiver les talens qui pouvoient la donner.

Enfin, ce qui mit le sceau au triomphe des Arts, ce fut la conduite même de Ciceron, au plus haut point de son élévation. Loin de les dédaigner comme des amusemens peu proportionnés à la premiere dignité du monde, ce Magistrat, véritablement grand, continua de les cultiver avec la même application, le même amour, le même respect, que, lorsqu'il étoit obscur habitant d'Arpinas. Il se faisoit un plaisir de les associer à tout son éclat ; & il écrivoit à ses amis, que sa fortune perdroit tout son prix, si les Lettres n'en embellissoient pas la prospérité.

Un autre homme, non moins prodigieux, ne leur prêta pas un moindre appui ; & ce bonheur acheva leur triomphe.

Il eſt rare qu'une grande ame réu-
niſſe une extrême fineſſe d'eſprit. La
Sphere, où elle ſe porte , eſt trop vaſte,
pour pouvoir démêler les nuances déliées de ſes objets. D'ailleurs la noble
confiance , qui naît de cette qualité ,
les lui fait négliger , ou même dédaigner. Alexandre & Henri IV. ſoumet-
toient tout , plutôt par la force de leur
courage & l'abondance de leurs lumieres , que par la fineſſe de leurs vûes.

Il eſt rare qu'un habile Politique
ſoit propre à des objets extrémement
élevés. L'habitude de s'arrêter ſur les
petits détails , affoiblit l'ame , & l'empêche de ſe repréſenter les choſes dans
une certaine étendue. D'ailleur la timidité qui naît de cette qualité , arrête la
hardieſſe néceſſaire pour frapper les
coups extraordinaires. Tibere & Louis
XI. étoient les plus habiles Politiques
de leur tems ; & ces deux Princes n'ont
jamais fait de grandes choſes.

Il eſt rare qu'une extrême prudence
ſoit jointe à une extrême célérité. L'extrême prudence veut tout prévoir , &
pour cela elle recherche ſcrupuleuſe-
ment toutes les faces de ſon objet ;
perquiſition, qui , demandant du tems,
laiſſe ſouvent échapper l'occaſion d'a-
gir. Fabius ſauva Rome , parce que
Rome, ſe trouvoit dans un de ces cas
uniques , où il ne faut que de la lenteur ; quelques années plutôt ou plus
tard, Fabius l'auroit perdue. Philippe
II. étoit plus prudent encore ; & ſa
lenteur lui fit manquer l'Angleterre ,
& perdre la France.

Ceſar eſt l'homme du monde, qui ait
jamais le mieux réuni toutes ces qualités. Son génie immenſe embraſſe toutes
ſortes d'objets ; ſes vues ſublimes at-
teignent les plus élevés. Sa pénétration
découvre tous les rapports : ſa fineſſe
démêle toutes les nuances : ſon imagination rapproche tous les moyens :

fa prévoyance calcule toutes les ref-
fources : fon difcernement choifit toujours le meilleur parti ; & fon activité exécute tout avec une célérité qui
tient du prodige. Citoyen prodigue ;
cabaleur adroit ; Candidat fouple ; Tri-
bun factieux ; Senateur redouté ; Con-
fulaire adoré : le Soldat le plus intrépide de fon Armée ; le plus grand Capitaine du monde : dans la Ville , dans
le camp , il remue tout ; il anime tout ;
il projette tout ; il tente tout ; il exécute tout.

Sa fortune ; inconcevable quand on
envifage le degré où il l'a portée , &
les obftacles qu'il a vaincus , ceffe d'é-
tonner , quand on la compare à fon
génie. On voit qu'un revers étoit prefque impoffible avec tant de lumieres ,
& qu'une telle tête avoit été faite naturellement pour commander aux autres.

Cefar fut l'oppreffeur de la liberté
de

de fa Patrie : il fut donc un Tiran ;
& le Tiran le plus odieux, puifqu'il
rendit l'ufurpation refpectable aux
hommes, en la montrant unie à la
plus noble clémence, & aux plus douces vertus.

Cefar chériffoit tous les Arts, &
faifoit fes délices des Lettres. Il ne
dédaignoit pas de faire fuccéder la
plume de l'Ecrivain à l'épée du Conquérant, & de tracer quelqu'Ouvrage aimable, avec cette main terrible qui venoit de foumettre le monde
connu.

Qui, après cela, auroit pû rougir
de cultiver les Arts ? Qui auroit ofé les
dédaigner, quand on voyoit un Dictateur, aux pieds duquel les Rois ab-
baiffoient leurs diademes, paffer du
Senat, où il avoit reglé les deftins de
l'Univers, dans le Licée des Philofophes, ou dans l'attelier d'un Sculpteur ?

E

En vain, après sa mort, les fureurs
de la discorde semblerent conjurer
contre les Arts : ils avoient jetté de
profondes racines : on avoit sans cesse
devant les yeux l'exemple de Ciceron,
qu'ils avoient fait Consul, & de Cefar, qui les avoit respectés. Ils se sou-
tinrent au milieu des orages ; & le
premier calme que le Vainqueur procura à l'Univers, fit épanouir ce nombre étonnant de fleurs, qui rendirent
l'âge d'Augufte, le rival de l'âge d'A-
lexandre.

SIXIE'ME AGE.

Siécle de JESUS-CHRIST.

AUGUSTE, VIRGILE.

LA Bataille d'Actium fixa la defti-
née des Arts. Si Antoine & Cléo-
patre euffent été vainqueurs, on auroit penfé peu dans le Capitole : la
Victoire du Prince qui aimoit les fruits
du génie, fut la leur.

Il n'eft point de Prince célébre qui
n'ait eu de ces Partifans exceffifs qui
donnent tout à leur idole : il n'en eft
point qui n'ait eu de ces Satiriques
outrés qui refufent tout à l'objet de
leur haine.

On demande fi le génie d'Augufte
l'éleve au rang de ces grands Hommes ? Ne confultons, ni les Flatteurs

qu'il payoit , ni les Partifans de la liberté qu'il opprimoit : fuivons fes démarches , pour ne le juger que par
lui-même.

Augufte fe trouve placé fur le théa-
tre du monde , dans ces circonftances.
Brutus & Caffius , adorés comme des
Libérateurs , craignent en lui un vengeur de la mort de fon pere. Le Sénat ,
qui le regarde comme l'héritier des
deffeins de Cefar , eft réfolu de l'écarter des honneurs. Le Peuple , qui a
repris l'amour de la liberté , l'abhorre
comme fon futur oppreffeur. Antoine ,
Maître des Vétérans & du cœur de
l'Empire ; Lepidus , Souverain dans
les plus belles Provinces , cherchent
à l'écarter comme un concurrent dangereux. A tous les partis qui ont con-
juré fa perte , il ne peut oppofer qu'un
petit nombre d'amis foibles & divifés.
Il eft dans l'âge le plus tendre , dans
l'âge de l'inexpérience & des erreurs.

Cependant il forme ces projets ; venger Cefar, perdre le Senat, détruire
la liberté, écarter l'un de fes rivaux,
& forcer l'autre à partager au moins
avec lui, la suprême puiffance. Il peut
aifément exécuter les premiers, en fe
joignant à Antoine, qui l'y invite ; &
il ne le peut que par-là : mais s'il fe
joint à un Concurrent puiffant, dans
un tems où il n'a aucune force, il en
fera opprimé ; trop heureux, fi l'on
veut bien lui laiffer l'honneur d'être le
premier Sujet. Il faut donc, avant de
s'unir à Antoine, fe mettre en état de
former un contrepoids ; & pour cela,
s'attirer un Parti puiffant. Il ne refle
que celui de la liberté, dont le Senat
eft le Maître. Comment fe flatter de
gagner un corps éclairé, avec tant de
préjugés contre lui, que donne fon
âge ; tant de raifons de méfiance, que
fournit l'éducation de Cefar. D'ailleurs
ce corps fe laiffe aveuglement conduire

par Ciceron , l'ennemi mortel de fa
famille , & le plus zélé Partifan de la
liberté. Il faudroit gagner , c'eft-à-dire,
tromper ce grand Homme. Un jeune
homme de vingt ans fera-t-il fa dupe
du plus beau génie que la nature eût
encore donné au monde , génie d'ailleurs confommé dans les intrigues &
dans les affaires ? Octave l'entreprend ;
il étudie Ciceron : il voit que ce grand
Homme a deux foibles ; qu'il eft timide , & craint Antoine outragé cruel-
lement ; qu'il eft vain , & aime les
louanges. Il le raffure contre fon ennemi , en lui promettant fon appui :
il le flatte , en lui donnant des éloges
délicats. Il réuffit , fe l'attache , fait de
l'éloquence de cet Orateur , l'aveugle
inftrument de fes deffeins. On lui confie , par l'avis de Ciceron toutes les
forces du Parti , dont il médite la rui-
ne. Alors , en état de donner la loi à
Antoine , il fe l'affocie avec Lepidus ;

puis leve le masque , poursuit les
Meurtriers de son pere , dissipe le Sénat , éteint la République dans le sang
de ses Partisans : cruelle politique ,
mais nécessaire pour ses projets ! Il
écarte facilement le foible Lepidus : il
ménage le redoutable Antoine , &
partage avec lui l'Empire : mais il a
l'adresse de garder Rome , le centre
des affaires : il s'y fit aimer , rend son
rival odieux ; ensuite l'attaque , le dé-
fait , & devient l'unique Maître. Il ne
songe plus qu'à relever l'Etat abbattu
par tant de guerres. Il repousse les Barbares de l'Occident ; force les Parthes
à lui rendre les étandarts de Crassus ;
triomphe & rend la paix au monde. Il
rappelle les anciens usages , rétablit le
Sénat , sans rien perdre de son pouvoir , réforme les abus , donne des
Loix pleines de sagesse , anime tous les
travaux , fait regner tous les Arts , gagne tous les cœurs ; meurt révéré com-

me un Dieu , & regretté comme un pere.

Son amour pour les Lettres eft connu de toute la terre : nous avons même des monumens de fes fuccès. Le goût de fon Favori eft encore plus célébre : le nom de Mécéne fera à jamais les délices des beaux Arts , & l'éloge de leurs Protecteurs.   .

Un peu avant Augufte , Lucrece orna le premier la Philofophie des graces de la Poëfie. On trouve , dans fon Poëme de la nature , des idées fortes & une expreffion élégante. Il raifonne mal , fe fuit peu , & manque d'harmonie. Dans le même temps , Catulle effaya la fineffe d'Anacréon ; on fçait avec quel fuccès : & Salluste fit paffer dans l'Hiftoire , une force de penfées , une vérité de réflexion , une vivacité de ftile , qui l'élevent au-deffus de fes rivaux, de quelque tems & de quelque Peuple qu'ils foient.

Sous Augufte, plufieurs tenterent la même carriere. Tite-Live excella : il a même plus d'harmonie que Sallufte ; mais il s'en faut bien, qu'il en ait le feu & le jugement : il eft prolixe, & fe déshonore par fa fuperftiticufe crédulité.

L'Eloquence avoit été enfevelie avec la liberté. Jamais les Mathématiques n'ont fleuri chez les Romains. Les Chefs-d'œuvres de fculpture, qui nous reftent encore de ce tems, prouvent que cet Art avoit été pouffé fort loin ; & il entraîne ordinairement avec lui, les fuccès de la Peinture. Vitruve nous a laiffé des leçons d'Architecture, qui font voir combien elle avoit été perfectionnée.

Mais la Poëfie fut le genre qui illuftra davantage ce fiécle. Le Prince & fon Favori en faifoient leurs délices. Il n'en fallut pas davantage, pour tourner les efprits de ce côté-là. Les

hommes font une molle argile , entre
les mains de celui qui tient les graces.
Sans parler de Fundanius , qui mania le Comique ; de Varius , qui fe
montra dans l'Epopée ; de Pollion ,
qui fut à la fois , Poëte , Hiftorien ,
Conful & Triomphateur , Auteurs qui
ont pour eux d'illuftres fuffrages , mais
dont le tems a dévoré les Ecrits. Nous
lifons Tibulle , fi eftimable par fa délicateffe ; nous faifons nos délices d'O-
vide , ce brillant Docteur de l'amour ;
& nous avons fur tout le plaifir d'admirer deux hommes qui ont fait la
gloire de la Poëfie Latine.

Il faut cependant apprécier inéga-
lement Horace & Virgile.

Horace eft un efprit fin , délicat ,
divin quand il faut chanter fa bouteille & fa Maîtreffe , badiner un fat ,
ou peindre avec candeur fes fentimens
à fes amis ; mais il manque fouvent
de force , & toujours d'ordre. Ses Odes

héroïques font ordinairement foibles
& peu fuivies, & fes Satyres excellentes dans l'enjoûment, languiffent
quand il raifonne : on peut même lui
faire un autre reproche ; c'eft de ne
pas eftimer affez les talens. Dans fon
Epître à Augufte, il parle d'une maniere indécente, de l'amour que les
Grecs eurent pour les Arts. En un mot,
Horace eft un pareffeux charmant,
qui ne peint bien que ce qu'il aime,
& qui n'aime que le repos & les plaifirs.

Virgile eft toute autre chofe : il eft
dans la Poëfie Latine, ce que Ciceron
eft dans la Profe, un genie fécond,
élevé, étendu, jufte, toujours noble,
toujours gracieux. Tout prend une
riante dignité, fous fa touche heureufe : les bois, les bergers, les trou-
peaux, les inftrumens des plus vils
travaux, fans rien perdre de leur fimplicité, empruntent la nobleffe de

l'imagination du Peintre. Quelles graces dans fes Paftorales ! Quel feu dans
fes Géorgiques ! Quel affemblage de
toutes les qualités, lorfque dans l'Eneï-
de rendu à fon génie , il en développe
toute la grandeur ! Quel bon fens dans
le choix du fujet ! Quel Art à y ramener tout ce qui flatte la gloire de fa
Patrie , & celle de fon Protecteur !
Quelle majefté dans le Plan , & quelle
conduite dans les incidens ! Quelle
heureufe variété dans les évenemens !
C'eft l'horreur d'un naufrage ; c'eft la
défolation d'une Ville livrée aux flâ-
mes ; ce font les erreurs & les traverfes
d'un long voyage ; c'eft l'amour peint
avec tous fes defirs , tous fes tranfports,
toutes fes fureurs : ici ce font des jeux
& des fpectacles rians ; là les monftres
effrayans des enfers : à côté des crimes
& des horreurs du Tartare , brillent
les vertus & les délices des Champs Eli-
fées ; les exploits & la fortune de l'Em-

pire Romain : au portrait d'une Cour
opulente & malheureufe, par fes divifions & fes vices, fuccéde l'image
d'une Cour pauvre & heureufe, par
fon union & fon innocence. Quelle
diverfité dans fes combats ! Tout eft
rendu : fiéges, rencontres, embufca-
de, bataille rangée, combats finguliers, Confeils des Dieux & des hommes. Quel feu, quelle vivacité, quel
éclat dans tous ces Tableaux ! Vit-on
jamais des Epifodes plus heureufes ?
Eft-il des yeux qui refufent des larmes
à l'amitié de Nifus, & aux malheurs
d'Euriale ? Eft-il des efprits qui ne
frémiffent des fureurs de Cacus ?

Peut-on dire que le Héros eft man-
qué ? Un Héros plein de vénération
pour les Dieux, de refpect pour fon
pere, d'affection pour fes fujets, d'humanité pour tous les hommes ; un
Héros qui allie fans ceffe la prudence
à la plus fublime valeur ? On lui re-

proche ſes larmes ; elles ne coulent jamais que ſur les malheurs des autres.

Il n'y a qu'une voix ſur l'expreſſion : c'eſt an enchaînement de comparaiſon fortes & juſtes , d'images vives & brillantes , de narrations rapides , de réflexions neuves , & des ſentimens les plus touchans.

Et quand jamais les Muſes eurent-elles une harmonie plus flatteuſe ?

Cependant ce Poëme n'eſt point achevé , & ſon Auteur le croyoit indigne de lui.

Il a ſans doute des défauts : mais , outre que c'eſt un malheur inévitable , dans un ouvrage imparfait ; qu'ils ſont légers , en comparaiſon des beautés qui y brillent de toutes parts ! L'Enéïde , malgré ſes nuages , eſt le plus beau morceau dans ce genre , que les hommes ayent encore produit ; comme Virgile lui-même , eſt , tout compenſé , la plus belle imagination qui ait charmé juſqu'ici l'Univers.

Les Arts languirent ſous les premiers ſucceſſeurs d'Auguſte. Comment auroient-ils pû s'élever ſous des monſtres ſols, cruels, ou foibles ? Neron les aima , mais en Tiran , qui faiſoit payer les ſuccès du ſang des Artiſtes. Tel fut le ſort de Seneque le Philoſophe , dont les Ecrits utiles ſont gâtés par un peu d'affectation ; de qui la vie eſt un problême , & la mort un modéle : de Lucain , qui donna en vers l'Hiſtoire de la guerre civile , où le Grand & le Giganteſque ſe rencontrent ſans ceſſe : de Petrone , autour de cette Satyre , où toute la délicateſſe d'eſprit orne toute la groſſiéreté de la débauche. Perſe , ſi connu par ſon obſcurité , exerça auſſi le même genre , & fut aſſez heureux pour montrer dans ce métier funeſte , plus de probité que de talens.

Les troubles qui fuivirent le fup-
plice du Titan , l'agitation des jours
de Vefpafien , la briéveté du regne des
délices du monde , les fureurs du barbare frere qui en fut le meurtrier ,
acheverent d'accabler les Arts. Les
Héros font toujours leur plus fur appui ; Trajan leur tendit une main qui
avoit foudroyé les Parthes , & ramené
la félicité publique.

SEPTIEME

SEPTIE'ME AGE.

Second Siécle.

TRAJAN, ANTONIN.

CET âge le céde à peu d'autres, pour la durée & pour l'éclat. Il a même un avantage fur eux ; c'eft de compter parmi les Sages qui l'ont honoré , deux Maîtres de la terre. Antonin & Marc - Aurele furent de grands Empereurs & de grands Philofophes. Le premier , au milieu de la fplendeur du trône des Cefars, daigna, dans des maximes folides, tracer les principes de fes vertus , & ne crut point , au-deffous de lui , d'éclairer le monde qu'il rendoit heureux.

Les deux Plines fe diftinguerent dans ce fiécle; l'un , fous Titus, par fon Hiftoire naturelle, où l'on voit

F

du génie, un travail immenfe, quelques vérités & beaucoup d'erreurs : l'autre, fous Trajan, par des Harangues que nous n'avons plus, par des Lettres charmantes qui nous reftent, par un Panégyrique où l'on trouve l'union rare de toutes les graces imaginables & de la vérité. Quintilien donna, dans le même tems, des leçons de l'Eloquence, qui en font un modéle. Martial aiguifa l'Epigramme avec fuccès. Qui ne fçait avec quelle force le terrible Juvenal lança les traits de la Satyre ? Il eft le contraire d'Horace. Il badine mal, & a peu de graces ; mais il raifonne bien, & déchire encore mieux. Horace, toujours dans cette gayété que donne l'aifance, pique avec une nonchalante délicateffe. Juvenal, toujours dans cette mauvaife humeur qu'infpire la mauvaife fortune, enfonce le poignard avec une fureur étudiée.

Plutarque & Corneille-Tacite font ici l'honneur des Lettres. Plutarque, dans une foule d'ouvrages, allie toujours la Philofophie la plus fenfée à la plus vafte érudition. Ses vies des Hommes illuftres font le précis de l'Hiftoire ancienne ; & fes paralleles, celui des réflexions qui doivent la fuivre. Il n'eft point d'Auteur fi connu. Les nations les plus reculées le chériffent ; & les Langues les plus barbares fe font enrichies de fes penfées.

Nous avons de Corneille - Tacite, des Annales qui font un chef-d'œuvre. C'eft moins une narration des faits, qu'une peinture exacte & forte de tous les refforts qui les ont fait naître. S'il n'a pas, dans le ftile, la vivacité de Sallufte ; il a, peut-être encore plus que lui, une profonde connoiffance du cœur ; fi, comme Hiftorien, il eft inférieur au Peintre de Catilina, il lui eft fupérieur, comme Politique.

E ij.

La Médecine acquit dans cet âge une nouvelle perfection. Galien, joignant à une pratique continuelle, des réflexions justes & suivies, passa tous ceux qui avoient jusqu'alors couru la même carriere. Ses Ouvrages ont été long-tems la regle de cette science. Si une expérience plus générale, & les recherches de plusieurs siécles, en donnant de nouvelles connoissances, ont diminué le prix de ses travaux ; ce grand homme n'a du moins rien perdu de la confidération qu'ils lui méritent.

Ptolomée corrigea la Géographie, & y laissa beaucoup d'erreurs : il fit encore un systême du monde, dont le succès, si long & si constant, montre combien la raison est foible contre les apparences.

Plotin fit revivre la Philosophie de Platon, dans ses Ouvrages : il montra des idées élevées dans la Métaphysique; & fit briller un nouveau jour dans la

Morale. Sa vie singuliere lui donna des censeurs, ses vertus des admirateurs, & sa doctrine des disciples qui l'ont presque divinisé.

L'indigne Fils des Antonins étoit tout propre à préparer la chûte des Lettres. Elles furent ensevelies sous les rapides & sanglantes révolutions qui désolerent après lui l'Empire. Constantin, qui, après un siécle de crimes & de carnage, ramena enfin des jours sereins, Constantin n'eût de goût que pour la guerre. Constance fut trop occupé des disputes de Religion, pour songer à relever les Arts. Julien les aima : ils renaquirent avec lui.

HUITIE'ME AGE.

Quatrième & cinquième Siècles.

JULIEN, S. CHRISOSTOME.

ON ne confidére point ici ce Prince du côté de la Religion : dans ce point de vûe, il mérite fans doute l'horreur qu'on a pour lui ; mais il protégea trop les Arts, pour que, dans un effai qui les regarde, on néglige de rapprocher quelques traits de fa vie qui peuvent le faire connoître.

Julien, né dans le fein des malheurs de fon illuftre Famille, cherche, prefqu'encore dans l'enfance, fa confolation dans les Lettres : il y fait ces progrès rapides & brillans, dont nous avons les monumens. Son goût le décide de bonne-heure, pour

cette Philosophie qui éclaire l'esprit &
forme le cœur : il devient bientôt le
premier Philosophe de son tems. Tout
d'un coup on l'arrache à ses études,
pour le mettre à la tête des Armées :
c'est un Héros, Capitaine, soldat, l'espoir des siens, la terreur des Barbares. Vainqueur des ennemis du Monde
Romain, on lui en confie la partie la
plus importante : c'est un Prince éclairé
qui corrige les abus, un Arbitre inte-
gre qui confond l'injustice, un Maître
humain qui gagne tous les cœurs. Les
Peuples & l'Armée charmés de sa domination, l'appellent au rang suprême : il y a un droit incontestable ;
son rival est le meurtrier de sa famille : il n'accepte cependant le titre d'Auguste, qu'après mille refus,
& forcé par ses admirateurs. Plein
du projet d'établir le Déïsme, son
unique Religion, il n'y tend que par

deux voyes ; l'une , que lui dicte fon habileté , de revêtir ce culte des cérémonies du Paganifme , afin de mettre dans fes intérêts le Parti puiffant, qui le défend encore ; l'autre , que lui infpire fa clémence , de ne lui prêter jamais que le fecours de la raifon & de l'exemple des vertus. Un Chrétien l'accable d'injures au milieu de fa Cour : après l'avoir entendu avec tranquillité ; ta raifon , lui dit-il , t'ordonne de m'infulter ; la mienne de te pardonner.

Malgré le foin que lui donne fon deffein , rien n'eft négligé ; & tandis qu'il écrit contre fes Adverfaires , ou qu'il s'occupe avec les Philofophes, les Loix regnent , les Grands font foumis , les Peuples font heureux , & les Barbares fuient par tout devant les Aigles de l'Empire , jufqu'à ce qu'il meure , en combattant pour fa gloire. On fent quel contre-coup cet évenement porta

porta fur les Arts. Ils eurent le bonheur, peu de tems après, de retrouver
un Protecteur.

On a fardé le portrait de Théodofe.
Il a fans doute des côtés brillans ; mais
il en a qui montrent de la foibleffe &
de la cruauté. Il fut perfécuteur, & la
fureur avec laquelle il fe vengea d'une
Ville entiere, auroit terni la réputation
d'un Prince qui auroit rendu moins de
fervice à l'Eglife.

L'Eloquence fut prefque le feul
genre qui fleurît dans cet âge. S. Am-
broife & S. Gregoire de Naziance, fe
montrerent dans le Sacré ; Simmaque
& Aurelius-Victor, fe diftinguerent
dans le Prophane. On a du dernier, un
abrégé de l'Hiftoire Romaine, eftimé.
Mais ils cédent tous à S. Chrifoftôme,
qui attaqua les mœurs de Conftantinople, avec la force que Demofthénes,
fept cens ans auparavant, avoit dé-
ployée contre les vices d'Athénes.

G

Claudien eft le feul Poëte refpectable de ce tems; & il l'eft beaucoup.
Perfonne, peut-être, n'eut jamais une
imagination plus vive & plus brillante dans le détail. Elle feme tous fes
vers d'images heureufes; mais on fent
qu'elle a peu d'étendue. Il fut extrémement confidéré. On lui érigea pendant fa vie, une Statue, par ordre
de l'Empereur & du Sénat. Homere
n'avoit eû des Temples qu'après fa
mort.

AGES D'IGNORANCE.

6. 7. 8.

L'Age de Théodose fut le crépuscule des Arts. La nuit la plus longue & la plus ténébreuse le suivit, & sembla avoir obscurci pour jamais, toutes les lumieres de l'esprit humain. L'horrible bouleversement de l'Empire & sur tout de l'Europe, en fut la premiere cause.

Le foible Honorius sembloit n'avoir recueilli ce riche héritage, que pour en faire la proye des Barbares. Que pouvoit en effet un Prince esclave de ses favoris qu'il redoutoit, trahi par ses Généraux qu'il outrageoit ; sans adresse pour faire la paix, sans courage pour faire la guerre ; tandis que le Nord vomissoit sans cesse une foule

G ij

d'intrépides Guerriers , obſtinés à la
perte de l'Empire , auſſi prodigues de
leur ſang , qu'avides de celui de leurs
ennemis ; toujours également animés
par leurs victoires & par leurs défaites?
Le foible Cefar attaqué juſques dans
Rome , vit ſon trône auguſte s'écouler ſous ſes pieds ; & ſi l'amour lui en
rendit les débris , ils ne ſervirent qu'à
enſevelir ſes malheureux ſucceſſeurs.
Valentinien , qui avoit trouvé une reſſource dans le génie & la valeur du
grand Aëtius , s'en priva lui - même ;
& victime des artifices d'un perfide ,
il paya de ſon ſang ſa cruelle imprudence. On ſçait la funeſte vengeance
de la veuve de ce Prince , la cruelle
Eudoxie , qui , pour chaſſer les meurtriers de ſon époux , appella dans le
ſein de l'Italie , les Vandales déja
Maîtres de l'Afrique. Ce coup décida
du ſort de l'Empire ; & c'eſt-là où il
finit réellement. Ceux qui prirent dans

la fuite le titre d'Augufte , ne furent
que de vains phantômes , à qui les
noms pompeux dont ils flattoient leur
vanité , ne fervirent qu'à être immolés
avec plus d'éclat. Les Barbares fe ré-
pandirent comme un torrent , dans le
Midi de l'Europe. Les Goths s'établi-
rent en Efpagne. Les Francs fonderent
cette puiffante Monarchie , fi glorieufe
de nos jours. L'Angleterre fut la proye
du Picte & du Saxon ; & l'Italie, cette
Reine de l'Univers , efclave de tous ,
vit tour-à-tour fes riches campagnes ,
devenir la proye de cent peuples inconnus.

L'Europe entiere fut abbaiffée fous
les Barbares ; & ils la ployerent à leurs
mœurs.

Chez eux , le courage tenoit lieu de
tout : le refte ne leur paroiffoit que
méprifable. Ainfi les Arts furent avilis ;
ils ne fubfiftent que quand on les honore.

G iij

La plûpart des monumens des Arts avoient été détruits dans la révolution ; par conféquent, peu ou point de modéles pour les ranimer.

L'Idiôme des Vainqueurs domina, Idiôme barbare comme eux, qu'il n'étoit pas poffible d'accommoder aux Lettres.

Les Langues fçavantes dont on auroit pû l'aider, devinrent le partage d'un petit nombre d'hommes obfcurs, privés par conféquent de cette confidération qui anime les talens.

On voit cependant immédiatement après la révolution, quelque étincelle de goût. L'Italie avoit Boëce, ce Philofophe connu par fon Livre de la confolation, fi propre à l'infpirer. Dans les Gaules Vincent de Lérins donnoit encore de la force & des graces à l'Eloquence ; & l'Irlande, que ni le génie des Romains, ni le courage des Barbares, n'avoient pû forcer à prendre des fers, cultivoit les Lettres faintes dans une heureufe tranquillité.

Le fiécle fuivant n'eft pas même tout-à-fait dépourvû de talens : on en voit quelque ombre à la Cour de Clotaire fecond, qui les aimoit, & à celle de Dagobert qui les protégeoit avec éclat. La moleffe de leurs fucceffeurs, & les partages de l'Etat entre les enfans des Monarques, fource infaillible de divifions ; en Italie, les guerres opiniâtres & cruelles des Lombards ; en Efpagne les ombrages de la fuperftition, les difcordes des Goths, & enfin l'invafion des Maures, acheverent de porter les derniers coups à la fortune des Arts.

La Grece cependant les cultivoit toujours. Juftinien, dans le fixiéme fiécle, leur avoit fait partager fa gloire. Tandis qu'il rendoit a l'Empire fa premiere fplendeur, que fes armes par tout triomphantes en recouvroient les plus belles Provinces , chaſſoient les Goths de l'Italie , les Vandales de l'Afrique , les Perſes de l'Oſroëne ; tandis que ce Conquérant réformoit la Juriſprudence , & donnoit au monde ſes Loix , qui en régiſſent encore une ſi grande partie ; ce Prince appelloit de tous côtés les Arts dans la Ville Impériale , animoit l'Eloquence , excitoit la Poëſie , & bâtiſſoit ce Temple , qui eſt encore la merveille de l'Univers.

Le ſeptiéme & huitiéme ſiécle montrent auſſi des Protecteurs & des Sçavans. Les Barbares n'étoient point entrés dans ces heureux Pays. Les Empereurs , preſque tous élevés dans l'amour des Lettres , leur prêtoient leur appui. Quelques-uns ſe faiſoient un plaiſir de partager avec eux leur trône. D'ailleurs on étudioit toujours une Langue qui offroit des modeles ; & la

Capitale renfermoit dans fon fein une foule de chefs - d'œuvres , qui pouvoient éclairer fes habitans.

Il paroît furprenant qu'avec tant de fecours, on trouve un fi petit nombre de grands Artiftes , fur tout dans un Peuple qui fembloit fait pour en avoir d'illuftres.

Ce malheur vient de deux caufes ; la premiere , c'eft la fureur des difputes de Religion.

Le Chriftianifme , cette Religion de paix , a eu le malheur d'être toujours en guerre. Dès fa naiffance , il a renfermé dans fon fein des enfans rebelles ; & il n'eft aucun de fes dogmes fi nombreux , fi auguftes , qui n'ait eu une foule d'ennemis. Les Miniftres de ce culte étoient donc fans ceffe obligés de faire face à leurs adverfaires. Il eft vrai que fouvent les fujets de défunion étoient légers : mais tout eft important aux yeux du zéle. Pouffés

par ce louable motif, ils combattoient
avec une égale ardeur, & pour les
objets qui intéreſſoient le plus la Foi,
& pour ceux qui ſembloient y être le
plus indifférens. Par-là ils ſe trouvoient forcés continuellement, à aller
chercher des armes dans des ouvrages
vénérables, au lieu de s'occuper à
puiſer des graces dans des écrits aimables. Malheureuſement par la profonde ignorance qui regnoit dans les
autres corps, ce corps que la Religion
raviſſoit aux Lettres, étoit le ſeul en
état de les cultiver.

Bien plus, s'il ſe trouvoit quelqu'un
qui tentât de les ranimer, la pieuſe
délicateſſe des Eccléſiaſtiques y mettoit
obſtacle. Tout remplis de la ferveur
qui les inſpiroit, ils avoient le malheur de ne pas aſſez diſtinguer les limites de la révélation & de l'évidence. Meſurant les idées philoſophiques
à l'obſcurité auguſte de nos myſteres,

ils étouffoient fans ceſſe le génie par
les ſcrupules , ou l'effrayoient par les
peines.

Le moyen le plus ſur pour faire finir
les débats qui naiſſent entre les Miniſ-
tres d'un culte, c'eſt de paroître les négliger. Un Prince peut ſe faire un point
capital de les éteindre ; mais il ne doit
pas montrer ſes vûes. Il doit au contraire affecter pour eux une grande indifférence , & même , autant que cela
peut s'accommoder avec ſa piété , des
mépris. C'eſt le moyen infaillible de
ramener bientôt le calme. En effet les
deux Partis s'echauffent ſouvent moins
par zéle , que par vanité , & par le
deſir de ſe montrer importans. Auſſi-
tôt qu'on les fruſtre du but où ils tendent , ils rentrent dans leur premiere
tranquillité , & cherchent à ſe faire
valoir par des côtés plus utiles.

Les Empereurs ſuivoient une route
oppoſée. Ils ſe mêloient ſans ceſſe d'ac-

commoder les Parties, plus jaloux d'être
d'habiles Théologiens, que de grands
Princes. Comme dans tout Etat, &
fur tout dans un Etat defpotique, on
fuit généralement le goût du Souverain ; tout fe tournoit de ce côté. L'i-
magination vive de ce Peuple formoit
chaque jour des difficultés nouvelles, & les faififfoit avec une extrême
chaleur. Les Sçavans n'étoient plus occupés qu'à difputer fur des myfteres
qu'on ne révére jamais mieux que par
un humble filence ; ou fur de vaines
opinions fouvent aufli inutiles que
fcandaleufes, qu'il auroit fallu, pour
jamais, laiffer dans l'oubli.

La feconde caufe de la foibleffe des
Lettres, venoit des rapides révolutions
de l'Empire.

On frémit à la vûe des défordres
qui agitoient le trône de Conftantinople. La trahifon, le fer, le poifon,
étoient devenus les arbitres ordinaires

des rivaux. L'un étoit relégué dans un
Monastere par l'Ufurpateur ; l'autre
perdoit encore la vûe avec le fceptre ;
celui-ci étoit égorgé par un Favori
comblé de graces. Le pere périffoit par
les mains de fon fils maffacré à fon
tour par un frere qui ne prenoit la
Couronne , que pour fe la voir arracher par un meurtrier dont les crimes ne trouvoient d'azile , que
le rang fuprême. Enfin le Diadême
étoit devenu un bandeau fatal qui
fembloit ceindre la tête des coupables
pour la faire tomber fous le coûteau
de quelque vengeur plus fcélérat encore.

On fent quel contre-coup un tel
défordre devoit porter fur les Arts , &
quelle foibleffe il devoit donner à leur
fuccès. Cependant , on ne laiffoit pas
d'étudier encore les monumens anti-
ques. Les Protecteurs continuoient.
On faifoit même , de tems en tems ,

des efforts heureux. Ce n'étoit pas la lumiere ; mais c'étoient des étincelles capables de la rendre.

Elle étoit tout-à-fait éteinte dans le reſte de l'Orient. Une Religion nouvelle, ennemie des Arts, née dans les déſerts de l'Arabie, avoit aſſervi l'Aſie, & menaçoit d'engloutir l'Univers.

L'Hiſtoire n'offre rien de plus curieux, que les rapides ſuccès de la Religion de Mahomet.

On voit un homme obſcur, pauvre, ignorant, former, du ſein de ſa baſſeſſe & du fond de ſes déſerts, le projet d'une Religion qui lui procure, avec l'honneur d'être immortel, l'avantage réel de ſe rendre le Maître de ſa Patrie. On le voit, ſans quitter les plaiſirs, paſſer à la plus profonde contemplation, convaincre de ſa ſublime vertu, les témoins de ſes voluptés ; ſe flatter d'une immédiate communication avec le Ciel, & ſe

fervir, pour réuffir à le perfuader, de
fes malheurs & de fes foibleffes mêmes ; ofer fe donner pour Prophéte
fans miracles , & parvenir à fe faire
croire ; annoncer le premier une Religion fans l'illufion des preftiges , &
l'établir avec fon trône, dans la Ville
même où il eft né , fur les débris des
dominantes. Accablé d'abord par des
revers qui frappent fon autorité dès fa
naiffance , & qui par-là femblent devoir décider de fa chûte , il ne s'en
releve que plus fort. Le nombre de fes
Sectateurs augmente. Tout-à-coup il
prend les armes qu'il n'avoit jamais
maniées. Il avoit été Apôtre fans Lettres. Il eft grand Capitaine fans expérience. Il commande un Peuple de lâches voleurs : Il en fait , en peu d'années , d'intrepides Conquérans. Tout
ploye fous fes efforts. En dix ans il
foumet fon Pays , vit révéré , meurt
adoré comme le Favori de Dieu , &

laisse une mémoire éternelle, une grande domination, & de plus grandes espérances.

Ses Successeurs marchent sur ses traces, & en moins d'un siécle, leur Religion & leur Empire engloutissent ces vastes Provinces de la Perse, inaccessibles aux armes des Romains ; ces riches Contrées de l'Asie mineure, dont ils dépouillent les successeurs des Cesars ; la Palestine que tant de motifs rendoient si chere aux Chrétiens ; l'Egypte si féconde en ressources ; les deserts de la Lybie, la Numidie, la Mauritanie : presque toute l'Afrique prend des fers ; & l'Espagne abbattue leur ouvre une porte en Europe, & menace de leur joug tout notre hemisphere.

Malheureusement Mahomet né au milieu d'un Peuple barbare, crut les Arts dangereux ; & cette idée passa à ses premiers Successeurs. L'Asie fut
donc

donc ravagée par ces Héros groffiers, avec une barbarie égale à leur bonheur. Le fang des Artiftes arrofa les débris des Arts ; & Alexandrie vit la main d'un Sarrazin groffier, enflammer dans un jour l'immenfe collection des monumens de la raifon humaine, faite pendant douze cens ans, par les Rois - d'Egypte, & les Maîtres du monde.

H

_____

NEUVIE'ME AGE.

Neuviéme Siécle.

CHARLEMAGNE.

Tandis que ces Barbares faifoient triompher leurs mœurs dans l'O-rient, l'Occident poffédoit un Héros qui tentoit de rappeller les Arts dans la partie qu'il illuftroit.

La France avoit changé de Maîtres. Les lâches enfans de Clovis, contens de cueillir les fleurs de la Couronne, en avoient laiffé le poids à une famille habile qui, enfin, la leur avoit enlevée. Ces Princes, génies formés pour pro-téger les Arts, leur avoient été long-tems ravis par les foins de l'ambition. Pepin-Hériftelle avoit été occupé à for-mer des intrigues, & à s'attacher des partifans. Charles-Martel , dans une vie tiffue de combats & de triomphes , n'eut que le tems de fauver l'Europe , & non pas de l'éclairer. Pepin fi inférieur à fon pere & à fon fils , grand cependant lui-même , s'étoit vû obligé de tourner tous fes foins à fe foutenir fur le trône où il s'étoit placé. Son fils s'y trouva affermi ; & ce Prince en voulut faire celui des Arts.

On ne peut rien dire de Charlemagne , qui n'affoibliffe l'idée de ce Héros. Pour le connoître , il faut lire fa vie , & pefer fur les moindres détails. C'eft là où l'on voit une étendue d'efprit , qui embraffe d'un coup d'œil tous fes objets ; une netteté qui les préfente dans leur ordre ; une prévoyance qui en découvre tous les moyens ; une activité qui en faifit tous les momens ; en un mot , cette prudence qui ne laiffe rien à un courage

immenfe , que ce qu'elle ne peut lui
ravir. Ses jours furent un enchaînement de prodiges ; fes armes par tout
triomphantes : & fon nom redouté fur
l'Ebre , fut révéré fur les rives de
l'Euphrate.

Une telle ame devoit néceffairement aimer les Arts: auffi n'eurent-ils jamais un
plus zélé Protecteur. Malheureufement
les ténébres étoient trop épaiffes. En
vain voulut-il rappeller quelque lueur.
Ce grand Homme , qui connoiffoit fi
bien le prix des Lettres , fe vit forcé
de prendre le change , & foutint les
bizarres productions du faux goût , en
croyant protéger les fruits refpectables
des talens. Alcuin, Rabban-Maure, Scot
Erigene , tant d'autres fi admirés dans
leur fiécle , étoient bien éloignés de
répondre à la grandeur de leur augufte Protecteur. Il le fentoit lui-mê·
me ; & l'on voit dans quelques-unes
de fes Lettres, fes plaintes fur les étu-

des de son siécle, & les moyens sages, qu'il indiquoit, pour en faire de meilleures. Pour que le tems eut apporté quelques succès à ses vûes, il lui auroit fallu un Successeur digne de lui. Malheureusement, le plus foible des humains prit le Sceptre du plus grand.

Il semble que cette Famille des Pepins se fut épuisée à former les grands Hommes qui l'éleverent si haut. Depuis eux, on n'apperçoit que des génies étroits, des ames foibles, méprisables jusques dans leurs vertus. Le gouvernail de l'Etat fut abandonné. Le Prince ne se mêla plus que des affaires de la Religion ; & uniquement occupé de ses intérêts, il employa tous ses momens à éteindre les contestations qu'elle faisoit naître.

Il faut l'avouer : Charlemagne lui-même s'en mêla un peu trop ; mais, dans ce grand génie, tant de qualités brillantes réparoient ce défaut, qu'il

ne pût influer fur l'Etat : il le perdit
fous fes foibles Succeffeurs. On ne vit
plus les Princes qu'à la tête des Eccléfiaftiques. On tint des Conciles au lieu
de Confeils. Les Statuts Monaftiques,
& les Canons devinrent les reglemens
de l'Etat ; & d'obfcures difputes , les
uniques objets dont s'occupoit la Cour.
On fent combien une telle conduite
devoit infpirer de mépris , fur tout à
des Peuples qui ne connoiffoient de
mérite , que celui de la valeur. Du
mépris à la révolte, il n'y a qu'un pas.
Il vaudroit mieux qu'un Prince fut
haï : alors la crainte retient quelquefois les efprits. Dans le mépris , l'efpérance de l'impunité enhardit les plus
timides. La facilité de fécouer le joug,
en fait naître bientôt le defir. L'amour
du devoir eft un frein fi léger , quand
on peut avoir, à fa place , l'indépen-
dance , ce bien qui flatte le plus les
hommes ! Qu'un feul ait cédé à cet

attrait, mille autres l'imittent. Com-
plices du même crime, ils ont intérêt
à se prêter de mutuels secours. Ainsi
l'on vit l'Etat entier partagé en autant
de Souverainetés, qu'il y avoit de Provinces, dont chacune étoit encore divisée en autant d'autres, qu'il y avoit
de Seigneurs audacieux & puissans.
L'intérêt commun qui les avoit unis
d'abord, céda bientôt au particulier
animé encore par la jalousie & par les
haines. Tous ces petits Souverains,
ne reconnoissant aucun chef, ne pouvoient vuider leurs disputes, que par
les armes. Le caractere des Barbares
augmentoit ce vice. En effet, ces
Peuples, pendant quatre siécles, n'a-
voient pas changé de mœurs. C'é-
toit toujours la même ferocité, la
même avidité du pillage & du sang.
Chaque Seigneur devint donc un tiran, dont les Vassaux étoient autant
de meurtriers nécessaires, qui alloient

porter le fer & le feu parmi ſes ennemis. Ainſi l'Empire fut le théâtre d'une
infinité de guerres, ſans ceſſe renaiſ-
ſantes les unes des autres, & toujours
faites avec cette animoſité, ſi vive
dans les querelles domeſtiques, tandis
qu'une Colonie redoutable des Peuples du Nord, portoit le fer & le feu
ſur ſes extrémités.

Comment les Arts pouvoient - ils
ſubſiſter, au milieu de tant de ravages ? Ils tomberent tout-à-fait. On vit
éteindre juſqu'aux moindres étincelles.
L'Occident entier fut plongé dans les
plus épaiſſes ténébres, & ſembloit ne
pouvoir jamais recouvrer la lumiere.

Elle s'affoibliſſoit tous les jours chez
les Grecs. Le trône étoit plus que jamais agité par les fureurs des factions ; & l'Empire ſe démembroit ſans
ceſſe par la valeur de ſes adverſaires.
La ſuperſtition n'y avoit pas moins
pris la place de la véritable Religion ;
&

& de fauſſes ſciences n'y avoient pas
moins été ſubſtituées aux réelles.

Les beaux Arts étoient plus cultivés.
Conſtantinople montra même alors
quelques Sçavans. Parmi ceux - ci , il
n'y a de véritablement remarquable ,
que Photius ; lui qui fut en même tems
le plus ſçavant de ſon ſiécle , & le plus
habile Courtiſan. Les Protecteurs ſont
plus dignes d'être obſervés. Bazile le
Macédonien, ſi cher à ſa Patrie par ſon
génie & par ſa prudence , unit à la gloire
d'être un grand Empereur , l'honneur
d'être le ſoutien déclaré des Lettres.
Léon , ſon fils , appellé le Philoſophe ,
juſtifia ce nom par ſon amour pour les
Sciences , & ſon goût pour les Arts :
& ce goût répara dans Conſtantin-Por-
phirogénete , le mépris que méritoit
la foibleſſe de ſon regne.

Maist l'Aſie préſentoit de tout autres objets. L'Empire Sarrazin ſor-
toit de ſes ténébres ; & tandis que les

I

chefs d'une Religion qui aime les Arts, les chaſſoient de l'Europe, ils renaiſſoient en Méſopotamie par les bienfaits des chefs d'une Religion qui les proſcrit.

DIXIE'ME AGE.

Dixiéme & onziéme Siécle.

LES ARABES.

UNe rapide révolution avoit changé les Defpotes de l'Orient. La
Famille des farouches Omariftes étoit
tombée, remplacée par les Abaffides.
Ces Princes dont les mœurs étoient
douces, s'étoient fait un devoir de ramener des jours plus brillans. Les fujets qui s'en font toujours un d'imiter
leurs Maîtres, s'étoient humanifés. On
étoit devenu moins rigoureux fur la
double loi du Prophéte, d'exterminer
les Infidéles & les Arts. Ceux-ci s'é-
toient gliffés dans l'Empire des Califes : on les y avoit foufferts. Bientôt
ils avoient ofé fe montrer jufques dans
la Capitale : on leur avoit applaudi :

Enfin ils avoient eu le courage de
fe produire à la Cour : ils y avoient
trouvé des Protecteurs affis fur le trône
de Mahomet.

Aaron - Rachild fi célébre par fes
vertus, ne l'eft pas moins par le généreux amour qu'il eut pour eux. Alma-
mon fi fameux par fes victoires, l'eft
auffi dans les faftes des Lettres, par
la protection qu'il leur accorda ; & le
grand Almanzor, qui le fuivit, porta
encore plus loin cette généreufe inclination. Ce Prince, l'amour de fa
Nation, fe fit un point capital de la
polir & de l'éclairer. Son goût devint
bientôt, par fon habileté, le goût général de fon Peuple. Tout changea rapidement. Les Sarrazins ne furent plus
un Peuple barbare. Ce fut une Nation
civilifée, & inftruite. On étudia ; on
réflechit ; on traduifit les Livres Grecs.
On appella les Sçavans, & on les ré-
compenfa. Bagdad, le centre d'une fu-

perſtition cruelle, devint l'azile des Arts bienfaiſans. L'Egypte ſuivit cet heureux exemple. La révolution qui s'y fit au dixiéme ſiécle, n'interrompit point ces progrès des Arts. Les Fatimites vainqueurs prirent l'inclination des vaincus. Le Caire, bâti dans le ſein des victoires & ſous les auſpices de Mars, fut la Ville des Sciences. Bientôt, des bords de l'Euphrate & du Nil, ce goût paſſa comme un torrent dans toute l'Afrique, & ſe répandit juſques ſur le Tage. L'Eſpagne Mahométane, au milieu des perpétuels combats, allia les armes aux Lettres. La Langue s'embellit : les Villes ſe décorerent : les mœurs s'adoucirent : le courage s'humaniſa, ſans s'affoiblir; une aimable amenité prit la place d'une groſſiéreté féroce. Grenade fut le ſiége de la politeſſe, & Cordoue celui de tous les fruits du génie.

Il eſt vrai que le goût peu éclairé

encore, trompa souvent les amateurs,
sur les objets des Arts. Au lieu d'en
aller chercher les côtés utiles, on s'ar-
rêta à des chiméres. Ainsi, dans la
Chimie, on voulut trouver l'Art de
changer les métaux en or; Art dont
toute la vertu consiste à les changer
contre l'indigence, à faire vivre d'es-
pérance, & mourir en réalité. Dans
la connoissance des Astres, on devina
leurs prétendues influences sur le destin des hommes; vanité plus pardon-
nable que l'autre, puisqu'au moins
elle fait vivre l'imposteur, & donne
le plus souvent d'utiles consolations à
celui qui en est la dupe. Il paroît que
cette Nation fut l'inventrice des Romans; mais, au lieu d'en faire le mi-
roir utile de la vie humaine, ils n'en
firent qu'un tissu de magiques extrava-
gances

La Médecine eut des succès plus
marqués. Il sortit de l'Ecole Arabe,

des Maîtres célébres. Avicenne &
Averroès font eftimés , & méritent de
l'être. Si leurs Ecrits ne font plus des
modéles ; avec fi peu de fecours &
tant d'obfcurités dans leur fiécle , il
eft encore étonnant qu'ils ayent pû
aller fi loin.

Les fciences de Calcul ont aux
Arabes des obligations immortelles.
Ce font eux qui ont trouvé ces chif-
fres plus commodes , & d'une opé-
ration plus rapide. Ce font eux qui
ont imaginé cette méthode plus aifée
encore & plus courte ; cette méthode
la fource de tant de fuccès , qui con-
fifte à fe fervir de Lettres indétermi-
nées , & d'une valeur arbitraire , pour
déterminer toutes fortes de grandeurs ,
d'une maniere fi précife & fi prompte.

Sans doute , ces commencemens de
la Littérature Arabe auroient eu des
fuites. On y faifoit des progrès tous
les jours ; & tous les jours de nou-

veaux génies ôtoient la rouille con-
tractée dans un si long espace.

Tout d'un coup , les inexorables
Turcs fondent en Asie. Le trône des
Califes est renversé : les Sciences pé-
rissent sous ses débris ; & les plus foibles vestiges des Arts disparoissent sous
le fer de ces nouveaux Conquérans.

L'Egypte subit le même sort : le
Caire revient en peu d'années dans sa
premiere ignorance. L'Afrique divisée
entre mille tirans voit mourir dans son
sein les Sciences qui y venoient de
naître. L'Espagne Mahométane , cé-
dant aux effort réitérés de la Chré-
tienne , ne songe plus qu'à défendre
les foibles murs qui lui restent.

Le nuage s'épaissit tous les jours
dans le monde. Les Arts , ou ignorés
ou redoutés , retirés à peine dans le
sein timide de la malheureuse Bizan-
ce , fuyent de toutes les autres parties
de la terre.

Tout fut perdu en Europe. L'Hiftoire fe changea en un ramas de fictions grofliéres & fuperftitieufes. La
Chronologie fe remplit de fauffes époques & de dattes confufes. Les Mathématiques étoient à peine connues de nom. L'Eloquence devint une
compilation de lieux communs , de figures outrées , & de penfées fauffes.
Pierre de Blois , Pierre Damien , &
tels autres qui brilloient comme des
modéles d'Eloquence , n'en font aujourd'hui que de mauvais goût. La
Poëfie de ces tems ne fe reconnoît qu'à
des phrafes plus louches , & à des
mots plus impropres. On peut juger
de l'Architecture par les monumens
qui nous reftent, chargés de tant d'ornemens auffi difficiles que faux. Nos
Eglifes préfentent à nos yeux les ouvrages de Sculpture fi eftimés alors ,
maffes informes , où font à peine ébau-
chées les plus grofliéres reffemblances.

Nul commerce : une navigation grof-
fiére : les Arts méchaniques abfolument ignorés : la Médecine , cet Art
fi utile & fi calomnié , entierement
négligée : la Jurifprudence , le plus
effentiel de tous , abfolument éva-
nouie , & remplacée par tout ce qu'il
y eut jamais de plus bizarre.

Les Loix Romaines avoient été perdues. On eut donc recours aux coutumes barbares. Ainfi de vaines cérémonies , des combats finguliers déci-
dérent la juftice des Caufes , & devinrent les regles fur lefquelles on
ftatuoit de la vie & de la fortune des
hommes. Ce qu'il y a de plus fingulier , c'eft que de telles folies fuffent
traitées férieufement ; que les meilleures têtes de ce tems les reglaffent
avec la plus grande attention , & en
fiffent un efpéce d'Art.

Les Tribunaux Eccléfiaftiques con-
ferverent à la verité quelque forme de

juſtice : mais les loix qui en étoient la baſe , n'étoient guéres plus raiſonnables , & devinrent encore plus dangereuſes. On y révéroit , comme une autorité infaillible , un recueil de Décretales auſſi abſurdes en elles - mêmes , que fabriquées avec groſſiéreté. L'impoſteur inconnu qui les avoit forgées , eut la hardieſſe de les donner comme émanées des premiers Pontifes. On le crut , ſans rien examiner ; & la ſuperſtition inſpirant un reſpect aveugle , conſacra les maximes de ces décrets. Toutes tendoient à donner au ſouverain Pontife , une autorité ſans bornes. On adopta unanimement ce ſyſtême. Le Pape , dès-lors, ne fut plus le Chef vénérable de la Religion. Ce fut un Dieu ſur terre à qui tout fut ſoumis , à qui tout fut permis.

D'abord , on ne parla de cette puiſſance , que par rapport au ſpirituel : mais , comme on en vint à ce princi-

pe , que les Papes pouvoient difpen-
fer des fermens & de toutes fortes
d'obligations ; il fut aifé de l'étendre
jufqu'au ferment de fidélité que les
fujets prêtent tacitement ; jufqu'à cette
obligation facrée qu'ils contractent par
la naiffance. Par ce moyen on attaqua
bientôt le temporel ; & les Rois les
plus puiffans devinrent des efclaves timides, dont la Couronne ne tenoit fur
leur tête , qu'autant que le permet-
toient le caprice , ou les intérêts du
Pontife. De là , ces divifions fcandaleufes entre le Sacerdoce & l'Empire ;
ces guerres fi cruelles où le crime de-
venoit méritoire ; ces féditions où la
révolte étoit une vertu ; ces traités
violés où la mauvaife foi étoit une
obéiffance jufte & fainte. La Religion
ne fut plus qu'un mafque qui couvrit
l'horreur des attentats les plus noirs ;
la Morale, que l'Art d'éluder, fans re-
mords , les loix du Chriftianifme & de

la Nature ; & le fang d'un Dieu , la folde dont on paya des meurtriers publics , qui alloient porter le fer & le feu dans le fein de leur Patrie , & fur le trône de leurs Souverains.

Tel étoit l'état de l'efprit humain par toute la terre , lorfque l'événement le plus fingulier que nous offre l'Hiftoire , commença à donner aux Arts quelque efpoir d'une renaiffance.

O N Z I E' M E   A G E.

Douziéme Siécle.

LES CROISADES.

LE Chriſtianiſme avoit vû avec indifférence, les Arabes triompher en Orient. Il avoit vû avec une eſpéce d'inſenſibilité, la Religion nouvelle ſe faire adorer ſur les débris de ſes Temples, & les étendards d'une Secte ennemie arborés dans une région qui étoit ſon berceau, & ſon ſanctuaire. Depuis près de trois ſiécles, le tombeau de ſon Auteur en proye à ſes adverſaires, n'avoit excité que d'impuiſſans regrets, & jamais les moindres efforts. Tout-à-coup l'Occident entier ſe réveille. Ces Peuples gémiſſent ſur la captivité de Jeruſalem. Leurs larmes ſont les avant-coureurs du ſang qu'ils

brûlent de répandre. Des Femmes timides, des Vieillards infirmes, des
Grands voluptueux, des Prêtres heureux, des Princes triomphans, six cens
mille hommes s'uniffent fous les mêmes drapeaux, s'atrachent de leur Patrie, traverfent des Pays immenfes, paf-
fent dans des climats abfolument divers;
& fondent fur l'Afie avec une ardeur
que la fatigue, les trahifons, les maladies
n'ont pû éteindre. Ce n'eft point un
tyran qui force par fa puiffance cette
multitude à aller chercher la mort. Ce
n'eft point un génie éminent dont l'a-
dreffe & l'éloquence, lui déguifant les
dangers, l'invitent par de fpécieux
avantages. C'eft un homme borné, un
homme obfcur, un hermite qui anime
ce vafte corps. La crainte, l'intérêt, la
gloire même ne font pas capables de
pareils effets. Pierre avoit un reffort
bien plus puiffant. Enthoufiafte lui-
même, il avoit porté l'enthoufiafme

dans le fein de fes auditeurs ; & voilà le mobile le plus fur pour agiter violemment les hommes.

Les premiers coups de cette paſſion font terribles ; auſſi eurent - ils leur effet. La Syrie & la Paleſtine tomberent aux genoux des vainqueurs : mais ſi le ſuccès fut rapide , les revers le ſuivirent de près. Le ſecond Roi de Jeruſalem vit ſa Couronne chancelante. Ses ſucceſſeurs invoquerent en vain les ſecours de l'Europe. Ces ſecours ne firent que précipiter leur chûte ; & la Cité ſainte, le prix de tant de ſang répandu , après avoir été à peine un ſiécle , la récompenſe de la valeur des Chrétiens, retomba pour toujours dans les fers des infidéles.

Si ces expéditions furent téméraires dans leurs principes , elles furent heureuſes dans leurs conſéquences. Les Francs à qui l'Orient étoit auparavant inconnu , s'habituerent à en prendre

la

la route. Cette habitude fit naître
l'idée du commerce : celui-ci entraîna
la navigation. L'Italie, où l'avantage
de la fituation s'aidoit encore de l'efprit inventif des Peuples, s'appliqua à
perfectionner l'une & l'autre. On vit
dans toutes fes parties, des hommes
induftrieux aller chercher les tréfors
de l'Afie, & les rapporter dans leur
Patrie. Leur Patrie en profita, & les
fruits de leurs travaux fe répandant
fur elle, la rendirent floriffante. Le
fuccès fit naître l'émulation. Des Provinces entieres fe tranfporterent fur
les eaux; des Villes inconnues auparavant, s'éleverent & devinrent refpectables: Venife, Gênes, Pife, Florence
firent redouter leurs pavillons fur les
mers de l'Europe, & l'Or, ce nerf des
Etats, apporté dans leur fein, les rendit les arbitres de l'Italie qu'elles embellirent.

Les beaux Arts n'y gagnerent pas

K

moins. Cette foule de Pélerins & de
Marchands, paſſoit dans les ports, ou
ſur les terres des Grecs. Ils y trouvoient des monumens de Sculpture,
ou d'Architecture qui les frappoit.
Quelque gâté que ſoit le goût, le Beau
a toujours ſur les hommes, une force
qui les gagne, lorſqu'on le leur pré-
ſente. La comparaiſon des informes
productions de leurs Artiſtes, avec la
délicateſſe des ouvrages des Grecs,
étoit trop frappante pour ne les pas
ſurprendre. Ils commencerent dès lors,
à ſoupçonner qu'ils pouvoient être des
Barbares. Ils eurent le bonheur de connoître ce qui leur manquoit, & la
force de l'admirer. Comme la plûpart
des Pélerins étoient des voleurs, ils
emportoient ces chefs d'œuvres qui les
charmoient, & ramenoient ainſi avec
eux les modéles dans leurs Pays.

La magnificence des Temples leur
laiſſoit des idées élevées qu'ils rappor-

toient à leur retour ; & elles germoient
dans la tête de leurs compatriotes.

L'ordre & la tranquillité qui paroiffoit chez les Grecs , au lieu de cette
horrible confufion qui regnoit en l'Occident , faifoit naître l'idée d'en rechercher la caufe ; on la trouvoit dans les
loix. On voulut donc les avoir ; & le
Code Romain abfolument perdu depuis plus d'un fiécle , reparut en Italie , & y fut enfeigné avec fuccès.

La curiofité fit tomber fur d'autres
livres , & le hazard décida en faveur
d'Ariftote. Malheureufement le choix
de fes livres étoit déja fait. Ses traités
de Dialectique , & de Métaphyfique ,
le moins dignes de ce grand Homme,
chéris des Arabes , avoient été apportés
de l'Efpagne dans le refte de l'Europe.
Il s'étoit trouvé quelqu'un en état de
les traduire ; & dès-lors ils avoient été
adorés. Deux chofes confpirerent pour
cette vénération aveugle. Ces livre

avoient été les premiers connus : Ils furent donc les premieres étincelles du
bon fens ; & cet avantage leur donna
un mérite. Rien n'étoit plus obfcur ;
& par conféquent plus propre à exciter
du refpect. Un homme groffier n'admire rien davantage que ce qu'il entend le moins ; parce que la vanité,
compagne de l'ignorance, le perfua-
dant qu'il a une grande pénétration,
il croit que ce qui la paffe doit être
divin. Cependant, comme il fe trouve
toujours des hommes qui veulent faire
accroire qu'ils comprennent ce qui eft
inintelligible ; on en vit bientôt paroître qui fe vanterent de pofféder eux
feuls la clef d'Ariftote. Ceux-ci s'éri-
gerent en maîtres, en interprêtes du
Philofophe ; & fe couvrant de nuages auffi impénétrables que ceux de
leur Auteur, ils exciterent la même
admiration. De-là, ce nombre étonnant de Commentaires barbares & im-

menfes , fi révérés autrefois , aujour-
d'hui fi inconnus ; meubles poudreux
d'une vafte Bibliotheque , qui donnent lieu de s'étonner qu'on prenne
encore tant de foins de les confer-
ver ; à moins qu'on ne veuille les gat-
der comme des marques de l'excès de
l'extravagance où peut tomber la raifon ; à peu près , comme on conferve
en public les monumens des grands
crimes , pour en faire rougir les citoyens.

Les belles-Lettres ne furent point
cultivées dans cet âge groffier. Cependant la nature forma un prodige
d'éloquence. Jamais du moins la force de cet Art ne parut mieux que dans
S. Bernard.

A peine forti de l'enfance , il fe
confacre au genre de vie le plus aufte-
re , & il entraîne avec lui , fa famille,
fes amis & fes parens : on eft obligé
de fuir pour ne lui pas céder. Dans

fon défert, au milieu des occupations
que lui donne le gouvernement de
tout un Ordre, il charme & inftruit
fes Solitaires par des morales immortelles. Sa réputation fort de cette
étroite fphere ; & du fonds de fa cel-
lule, il devient l'oracle de la France,
& bientôt de l'Europe entiere. Les
Conciles forment leurs décrets fur
fes avis ; les Rois décident fur eux
les affaires de l'Etat ; & les fouverains
Pontifes fixent par lui leurs doutes.
Un Schifme divife l'Eglife : Bernard
fe déclare, & le diffipe. Le droit des
contendans à la Thiare devient une
feconde fois douteux. Son fuffrage dé-
termine leur fort, & fa voix calme les
efprits. On le charge d'aller exhorter
les Peuples à des expéditions faintes
dont les malheurs, tant de fois éprou-
vés, ont refroidi le zéle le plus ar-
dent. Il parle ; on accourt en foule autour de lui ; les Villes fe dépeuplent

pour le fuivre ; fes auditeurs deviennent autant d'efclaves de fes deffeins ; les Rois & les Empereurs veulent inutilement réfifter à fa voix. Le fuccès ne répond point à fes promeffes, & le fang d'un million de malheureux, inutilement verfé, excite contre lui des murmures. Bernard les combat, triomphe, trouve encore le fecret de fauver fon autorité de ce naufrage, & meurt toujours envié, toujours révéré ; toujours dans l'appareil de fa baffeffe, toujours dans l'éclat de fa gloire.

Ses Ecrits font fans doute remplis d'imperfections : mais à travers ces nuages, effets néceffaires de fon fiécle, on découvre mille traits lumineux qui indiquent un génie élevé.

Son fiécle étoit bien éloigné de pouvoir lui donner des rivaux. Il n'eut pas même d'imitateurs. On continua de s'occuper des difputes d'Ariftote ; & mêlant les principes ténébreux de fes barbares Commentateurs , avec les Dogmes auguftes de la Religion ; on en fit cet Art nommé la Théologie fcholaftique qui occupa feule les deux fiécles fuivans.

DOUZIEME

DOUZIE'ME AGE.

Treiziéme Siécle.

LES SCHOLASTIQUES.

Jamais, peut-être, on n'étudia tant qu'alors. De tous côtés s'éleverent des Universités ; & par tout on bâtit des Colléges nombreux. Paris, Boulogne, Oxford, Salamanque devinrent des entrepôts littéraires, où l'on venoit des extrémités de l'Europe. A Paris sur tout, le nombre des écoliers fut prodigieux ; & les Maîtres de cette Ecole devinrent les Maîtres de l'Occident. Jamais les Sciences ne furent si respectées. Les Rois honoroient les Docteurs, de leur plus intime familiarité ; & les Peuples ne les connoissoient que sous les noms les plus pompeux. L'un étoit le Docteur admira-

L.

ble ; l'autre le Docteur illuminé. Celui-ci étoit fubtil , celui-là célefte ; &
quelques-uns étaloient eux-mêmes le
furnom de grand. Il faut avouer que fi
l'application & le travail fuffifent pour
mériter l'admiration des hommes , ces
Docteurs étoient dignes de celle qu'on
leur portoit. On eft effrayé à la vûe
des ouvrages immenfes qui fortoient
de leurs plumes. On ne compte que
par des *in-folio* ; & la plûpart de leurs
Ecrivains font morts à la fleur de leur
âge : mais , fi pour mériter les refpects
de la poftérité , il faut au moins penfer jufte & écrire purement , on a lieu
d'être furpris qu'il fe trouve encore
dans ce fiécle éclairé , des hommes qui
les citent avec éloge. On doit fans
doute admirer les mœurs du grand
Albert. Heureux qui peut les imiter !
Mais malheureux qui peut fe plaire à
fes Ecrits ; & plus malheureux celui
qui voudroit les prendre pour modéles !

Tant de foiblefle avec tant de travaux, tant d'obfcurité avec tant d'efforts pour parvenir à la lumiere, venoient d'abord du fyftême que l'on
s'étoit formé. La Scholaftique rouloit
fur une alliance perpétuelle de la Dialectique & de la Théologie. Or ces
deux Sciences ne doivent être unies
que rarement. La foi & la raifon ne
font pas contraires ; & leurs lumieres
ne font point ennemies : mais leurs
flambeaux font féparés ; & vouloir
fans cefle éclairer l'une par l'autre, c'eft
les obfcurcir toutes deux.

L'autorité exceflive des Papes nui-
foit encore aux progrès. On n'ofoit
rien avancer dans les Ecoles, qui ne
fut du goût de la Cour de Rome ; &
cette Cour jaloufe à l'excès de fon
autorité, revoyoit avec un œil févére,
les queftions que l'on traitoit. Auflitôt
qu'elle en trouvoit quelques-unes où fes
ombrages lui faifoient craindre une

L ij

diminution de fes intérêts, elle les interdifoit fur les peines les plus févé-res, & captivoit ainfi le génie des étu-dians. Or un génie qu'on captive eft un génie qu'on étouffe. Enfin les bel-les-Lettres n'avoient point été réta-blies; & il auroit fallu commencer par elles. Elles font le lait dont il faut nourrir l'enfance des Mufes. On égare l'efprit, fi on ne l'accoutume à s'exer-cer fur les objets faciles qu'elles pré-fentent, avant que de l'élever aux grands objets de la Philofophie. Qu'on examine attentivement les progrès des Arts; on trouvera que les belles-Let-tres ont toujours précédé le rétabliffe-ment des autres; & que, tant qu'on n'a pas commencé par elles, on a tenté inutilement le renouvellement des fciences.

Les beaux Arts languiffoient tou-jours : cependant la Peinture s'enri-chit alors d'une découverte qui prépara pour un tems plus éclairé , des succès supérieurs à ceux mêmes des anciens.

On voit avec étonnement , que des génies sublimes dans les siécles les plus lumineux , ont laissé échapper des inventions aisées , & essentielles à la perfection de leur Art. On voit ensuite avec plus d'étonnement encore , ces mêmes inventions se montrer , dans des tems barbares , à des Artistes grossiers.

Les anciens avoient fait des prodiges dans l'Art des couleurs. Quoiqu'il ne nous en reste aucun monument , nous pouvons en juger par l'admiration des contemporains. Qu'on ne dise point que , tout étant par comparaison , une production médiocre peut être applaudie dans un tems où il n'y a point de chefs-d'œuvres.

Les chefs-d'œuvres de Sculpture qui nous restent, montrent qu'il y en avoit

en peinture. Les progrès de ces deux Arts, fi femblables dans la plus grande partie de leurs principes , font inféparables : les fuccès de l'un peuvent répondre des fuccès de l'autre. Il n'eſt pas poſſible que d'habiles Sculpteurs admirent jamais des Peintres médiocres.

Mais les Tableaux d'Apelles & de Zeuxis n'avoient qu'un triomphe aſſez court. Le tems effaçoit rapidement leurs couleurs ; & ces ouvrages excellens dont l'eau avoit lié les parties , délices de leurs fiécles , fe perdoient pour la poſtérité. Qu'ils euſſent employé l'huile ; leurs travaux acqueroient une plus grande facilité ; les parties une liaiſon plus intime ; les couleurs un nouvel éclat ; & leurs merveilles devenoient immortelles. Ce fecret étoit bien facile : cependant il a fui la ſçavante antiquité , & il a été la découverte du treiziéme fiécle.

Le fiécle précédent en avoit fait une autre , pour un Art non moins aimable.

Les fuccès de l'antiquité dans la Mufique font trop atteftés, pour pouvoir être révoqués en doute. Tous les Arts font liés , & les monumens des autres font un garand de la perfection de celui - ci. D'ailleurs l'Hiftoire rapporte des effets de la mélodie des anciens qui montrent une réuffité décidée.

Cette réuffite indique néceffairement un Art réduit en principes. Sans cela , eft - il poffible qu'ils euffent jamais été loin ? Auroient-ils pû former ces chœurs fi vantés , où toutes les paffions peintes dans les fons paffoient dans le fein des Auditeurs ; fi ces fons n'avoient été marqués par des caractres fixes qui défignaffent la valeur de chacun en particulier , & l'harmonie de leur affemblage ? Mais ces caractres étoient ignorés : ils ne fubfiftoient

même plus en Gréce. Ce fut au onziéme fiécle qu'un Moine d'Italie les
retrouva , ou en donna de nouveaux
dans cette gamme facile , adoptée aujourd'hui dans tous les Pays.

Ces deux découvertes produifirent
peu d'effet alors ; mais elles fervirent
du moins à entretenir un goût que de
nouveaux troubles auroient fait perdre
fans elles , & qui fut , quelque tems
après, une fource féconde de beautés.

TREIZIE'ME AGE.

Quatorziéme & quinziéme Siécles.

LES HUMANISTES.

ON a vû combién l'Empire d'Orient avoit perdu de fa grandeur. Il s'étoit cependant foutenu avec quelque gloire dans toutes les Provinces en deçà du Bofphore ; & ces vaftes Etats réunis fous un même Souverain, préfentoient encore, au onziéme fiécle, un front redoutable Une troupe de croifés invitée par un Prince malheureux, vole à fa défenfe, le rétablit, caufe fa perte, le vange & fe place fur fon trône. Voilà le coup fatál qui perdit Conftantinople. Les Seigneurs Grecs qui ne voulurent point obéir, fe retirerent ; chacun alla dans la Province où il étoit plus confidéré ;

& s'y rendit indépendant. Il s'éleve tout d'un coup une infinité de petits Royaumes qui, par leur défunion, ouvrent les Frontiéres des étrangers, tandis que la Capitale eft déchirée par les divifions que font naître la haine mutuelle des communions diverfes, les difgraces des Commênes & la foibleffe des derniers Paléologues. Ainfi ce trône malheureux, frappé de tant de coup, n'attendoit qu'une main hardie qui déterminât fa chûte, & il ne s'en préfenta que de trop redoutables.

Le mérite d'un chef illuftre paffe rarement à des générations éloignées. On en voit trop fouvent l'éclat s'éteindre dès la premiere. Les faftes de tous les âges n'offrent qu'une feule maifon qui préfente pendant deux fiécles une fuite non interrompue d'hommes extraordinaires ; & Conftantinople vit dans le tems de fa décadence, s'élever la famille qui lui en montra le prodi-

ge. Depuis Ottoman jufqu'à Selim fecond, c'eft-à-dire, pendant deux cens
cinquante ans, tous les Sultans, excepté un feul, ont été autant de Héros.
Ottoman, de fimple foldat, devient par
fa valeur un Général illuftre, & meurt
un Prince puiffant. Orchan ajoûte à la
Bithinie & à la Cappadoce que fon
pere lui laiffe, toutes les Provinces de
l'Afie-mineure, & porte fes étendarts
en Europe. Soliman premier, qui ne
regne que deux ans, foumet toute la
Thrace. Amurat premier ajoûte l'Illirie,
l'Epire, la Macedoine. Bajazet eft un
foudre, qui femble fe multiplier. Il
frappe également en Europe & en Afie.
La Phrygie, la Cilicie, la Croatie, la
Bulgarie, la Servie tombent à fes pieds.
Il ne fait que fe montrer pour conqué-
rir la Morée. La Hongrie voit brifer
fes barrieres ; & l'élite de la France
accourue à fon fecours, ou périt dans
la victoire du Héros, ou ne fe fauve

que dans fes fers. L'Italie eft mena-
cée ; & Conftantinople affiégée n'a pas
même la reffource de fon défefpoir.

Manuel Paléologue regnoit álors
fur ce trône chancélant. Effrayé de
l'orage, il étoit venu chercher du fecours chez les Princes d'Occident : il
n'y trouva que des promeffes. Ce Prince avoit amené avec lui quelques Sa-
vans. Ceux ci voyant leur Patrie prête
à tomber, y renoncerent & fe fixerent
en Italie. Il y avoit parmi eux Chrifo-
loras, le plus célébre Grammairien de
fon tems. Cet homme n'avoit que fes
talens, & fut forcé de les mettre à
profit. Les guerres des factions différentes qui ravageoient l'Italie, les ombrages de la fuperftition, cetute grof-
fiére préfomption qui fuit toujours
l'ignorance, tout cela fit d'abord dédaigner fes leçons. Mais enfin le fuccès d'un petit nombre frappa les autres.
On vint en foule à l'école de l'Etran-

ger , pour entendre fes leçons ; elles profiterent , & dans peu tems il eut le plaifir de voir des difciples répondre à fes foins. Eux mêmes dans la fuite devinrent d'habiles Maîtres. Dans toutes les Villes d'Italie on ouvrit des Ecoles femblables. La pureté du Latin & du Grec fut ré ablie , & les beautés de ces deux Langues ignorées depuis fi long-tems , furent parfaitement connues.

Les Langues naturelles gagnerent à ces acquifitions. On voulut les enrichir des tréfors de l'antiquité. Quelques-uns plus hardis oferent leur donner des richeffes qui leur fuffent propres. On le tenta d'abord avec plus de courage que de fuccès : mais ces efforts , quoique malheureux , leur ôterent une partie de leur barbarie. Le Provençal a dû fes premieres graces à fes Troubadoux. On trouve dans les ouvrages informes de nos Jongleurs , des tours

ingénieux , dont nos Poëtes les plus
délicats n'ont pas dédaigné d'orner
les Ecrits. L'Italien fut plus heureux
encore : il trouva des esprits excellens.
Pétrarque confia à cette Langue l'expreffion de fes amours , & y fit paffer
une douceur qui en a immortalifé
l'objet ; & Dante fi bizarre dans fes
fujets , mais quelquefois véhément
dans l'expreffion , prépara cet idiome
au fublime qu'il devoit recevoir un
jour.

Les Lettres renaiffantes avoient de
grands avantages. Leurs ennemis devenoient de puiffans Protecteurs. On
ne peut nier que les Papes euffent
beaucoup contribué à les rendre étrangeres dans les fiécles précédens ; mais
il faut convenir qu'ils ont encore contribué davantage à les rappeller dans
celui-ci. Eugéne IV. Nicolas V. Pie
III. les favoriferent de tout leur pouvoir ; & Sixte IV. fit encore plus pour

elles, en fondant cette Bibliothéque du Vatican, devenue si fameuse par les soins de ses succeffeurs. Depuis ce tems on ne trouve gueres de Pontifes qui n'ayent connu le mérite des Lettres, & travaillé pour leur gloire. Ce goût paffa en même tems à tous les Princes d'Italie. Alphonse sur tout le plus habile Prince de la Chrétienneté & le plus heureux, les appella à Naples, & leur fit part de l'or que ses flotes découvroient dans la Guinée. Enfin, & ceci mit le succès à leur progrès; on venoit de trouver l'Imprimerie.

L'Epoque de la découverte de cet Art utile, est trop obscure pour vouloir la fixer avec exactitude. Le tems, le lieu, l'Auteur, autant de problêmes. Les Chinois prétendent avoir été nos Maîtres, ou du moins nous avoir dévancé dans cet Art. Ils avoient en effet un Art qui consistoit à graver les

caracteres ſur des planches qu'on ap-
pliquoit enſuite ſur les papiers où l'on
vouloit imprimer. C'étoit quelque choſe, mais ce n'étoit pas l'Imprimerie,
ou ce n'étoit que l'Imprimerie impar-
faite ; & non pas cette Imprimerie ſi
facile qui, avec un petit nombre de
caracteres toujours les mêmes, par la
ſeule différence de combinaiſons, rend
en ſi peu de tems & d'une maniere ſi
durable, toutes ſortes d'expreſſions.
Les Hollandois* reclament auſſi cette
invention utile : cependant il paroît
qu'on la doit à l'Allemagne. Jean Gut-
temberg Gentilhomme de l'Electorat
de Mayence, & Jean Stoop du même
pays, en ſont probablement les in-
venteurs. Au moins les premiers im-
primés que l'on connoiſſe portent le
nom de ces Artiſtes.

Cette découverte fixa pour jamais
les Lettres. Auparavant on étoit obligé
de recourir à des manuſcrits rares &
fautifs :

fautifs : ainſi peu de perſonnes pouvoient s'inſtruire , & preſque perſonne
ne le pouvoit d'une maniere exacte.
L'Imprimerie donna les avantages contraires ; & l'étude devint auſſi facile
que ſûre. On rechercha les anciens ;
on les imprima , on les lut , on en rétablit les textes corrompus par l'ignorance. Les regles de la Grammaire furent connues avec préciſion , & le ſtile
des anciens heureuſement imité. Lau-
rent - Valle , Leonard - Aretin , Paul-
Manuce firent revivre l'Idiome de Ciceron. Pogge même dans ſon Hiſtoire
de la mort du malheureux Jerôme ,
montra une généreuſe liberté & une
force nouvelle.

On crut d'abord être éclairé. Il s'en
falloit bien encore. On écrivoit avec
élégance ; on penſoit avec groſſiéreté ;
la mémoire étoit polie , l'eſprit étoit
barbare : nulle véritable Eloquence ,
nulle Poëſie , point d'Hiſtoire , tous

M

les autres beaux Arts à peine dégroffis,
& les Sciences abfolument ignorées.
Conftantinople les poffédoit encore
toute feule : c'étoit de - là feulement
que l'on pouvoit les attendre. Le malheur de Cette Ville , en les exilant de
fon fein , donna cette gloire à l'Italie ,
& produifit cette fuite d'âges brillans
qui ont duré jufqu'à nos jours.

QUATORZIE'ME AGE.
D.. ziéme & quinziéme Siécle.

LEON X. LE TASSE.

L A Puiſſance Ottomane abolit enfin l'Empire des Grecs. Il avoit
échappé à Bajazet par le plus ſanglant
revers qui mit un Héros dans les fers
d'un Barbare. C'eſt ici où ſe montre
tout le courage de cette étonnante famille. Accablée , ce ſemble , par ce
terrible coup , elle renaît tout d'un
coup de ſes cendres. Mahomet premier
qui ne ſuccéde d'abord qu'aux malheurs de ſon pere , en reprend inceſ-
ſamment toute la puiſſance. Amurat
ſecond ſe trouve en état d'en conti-
nuer les conquêtes , & d'égaler ſes
Ancêtres. Mahomet ſecond , qui les
efface tous , commence ſon regne par
la priſe de Conſtantinople , le conti-
nue dans de perpétuels triomphes , &

M ij

meurt à la fleur de fon âge , au milieu
des plus hardis deffeins.

Ce deftructeur fameux d'un Empire
fameux protégea trop les Arts , & a
quelque chofe de trop fingulier , pour
ne pas s'arrêter à le confidérer. On a
fait mille portraits de ce Prince , tous
différens. Les uns l'ont préfenté comme un Héros accompli , les autres
comme un monftre : quelques-uns ont
réuni ces traits ; & ceux-là l'ont bien
peint. C'eft en effet un homme en qui
tous les talens , toutes les vertus , tous
les vices réunis offrent tout , excepté
la foibleffe. Jamais perfonne ne con-
çut un nombre fi prodigieux d'objets : jamais perfonne n'en con-
çut un petit nombre avec tant de netteté. Son génie pouffé par une infatiable ambition , embraffoit fans ceffe les
plus fublimes projets ; & en calculoit
en même tems les plus petits détails.
Impénétrable dans fes vûes , l'exécu-

tion feule en montroit la grandeur, tandis qu'il fembloit avoir affifté dans tous les confeils de fes adverfaires. Au milieu du vafte corps qui lui obéiffoit, il en connoiffoit tous les mouvemens, comme s'il n'eut eû qu'un petit nombre ; & dans l'action il favoit fi bien en faire jouer les refforts, qu'on eut dit qu'il avoit le double de foldat. Survenoit il de ces coups que tout l'Art ne peut prévoir ! Un inftant l'éclairoit fur le parti qu'il devoit prendre ; & cette réfolution fubite avoit tout le mérite d'une longue méditation. Je ne dis rien de fon courage : on fçait qu'il avoit toute la vivacité de la témérité, & toute la prudence du flegme. Au refte, facrifiant tout à fa gloire, prodigue du fang des foldats qu'il aimoit, terrible aux Grands qu'il foupçonnoit aifément, cruel dans les peines & dans les vengeances, magnifique dans les récompenfes & dans les faveurs ; jufte jufqu'à immoler un fils qu'il chériffoit, parce qu'il avoit outragé un Grand qui lui étoit indifférent ; injufte jufqu'à égorger de fang froid, des Princes qui avoient fa parole pour garand de leur vie & de leur liberté ; fenfible aux plaifirs de l'amour, & farouche jufques dans fes plus doux tranfports. Ce Prince toujours en guerre eut le tems de connoître & d'aimer les talens. Au fortir d'une bataille, fumant encore du fang de fes ennemis, il s'enfermoit tranquillement avec un Peintre ou un Sculpteur, & difcouroit avec juftesse fur les fineffes de leur Art.

Mais en vain appelloit-il les Arts auprès de lui. La férocité de fon caractere, la groffiéreté du Peuple qu'il commandoit, la différence de Religion, les guerres continues & fanglantes les bannirent de leur ancienne Patrie. Ils fuirent pour jamais de la Gréce. Errans, fugitifs, ils vinrent à Flo-

rence , où une Famille puiſſante leur
fournit un magnifique azile , & les
rendit à l'Univers.

Il eſt peu de Maiſons ſouveraines
dont l'élévation ait un principe auſſi
reſpectable que celle des Médicis. La
plûpart ne doivent la leur qu'aux crimes de leurs Ayeux. C'eſt le plus ſouvent en ravageant leur Patrie , que
leurs peres en ont arraché les hommages.

Les Médicis s'éleverent en s'appli-
quant à un commerce utile & immenſe ; en tranſportant par une équitable
induſtrie , les richeſſes des autres Pays
dans le leur ; en faiſant regner dans
leur Ville l'abondance & les lumieres.
La gloire de Florence fut leur ouvrage,
& s'ils eurent le malheur d'opprimer
ſa liberté , le digne uſage qu'ils firent
de leur domination , a preſque effacé
le crime de ſon origine.

Coſme de Médicis ne fut qu'un Négociant ; mais un Négociant connu & refpecté aux extrémités de notre hémifphere, plus riche que la plûpart des Souverains de l'Europe , l'ami des Rois , le Protecteur des vertus , & le bienfaicteur des Lettres. Ses defcendans marcherent tous fur fes traces ; & le génie , la vertu & la générofité , les conduifirent au trône.

Cette famille fe trouvoit au commencement de fa grandeur , lorfque les Arts bannis parurent en Italie. Ces Princes éclairés les appellerent auprès d'eux , & déployerent fur eux leurs faveurs. Leur goût paffa bientôt aux puiffances voifines. Rome fur tout l'adopta. Les Papes firent fervir en faveur des Lettres cette autorité qui avoit fait autrefois leur perte. Les tréfors du Vatican s'ouvrirent pour elles ; & les fources de ces innombrables aumônes deftinées par un Peuple crédule à des expéditions faintes & barbares,

pour

pour faire avec honte le malheur des hommes détournés par une heureuse farude, coulerent dans le sein des Arts bienfaisans, & firent, en les animant, la gloire & la félicité des rives de l'Italie.

Jules II. & Leon X. doivent être mis au rang des plus illustres Protecteurs des Arts; tous deux grands Papes, Souverains triomphans, Politiques habiles; tous deux vastes & hardis dans leurs projets, adroits & heureux dans l'exécution; l'un plus ferme & plus décisif, l'autre plus souple & plus fin; l'un bravant les difficultés, & les forçant à se ployer à ses vûes, l'autre étudiant mieux les circonstances des affaires, & décidant les évenemens par son adresse; l'un attaquant ses ennemis à découvert, & les soumettant par son intrépidité; l'autre caché & plus redoutable encore, admirable pour se faire des amis de ceux-

N

mêmes dont il caufoit la perte : l'un
& l'autre généreux appuis des beaux
Arts ; l'un & l'autre magnifiques re-
munérateurs des Sciences & des Lettres,

Leon X. forti d'une maifon où l'a-
mour pour les talens étoit héréditaire,
fe fit un objet effentiel de les protéger.
Son regne fut l'âge d'or du génie ; &
les grands Hommes qui illuftrerent les
pontificats fuivans , dûrent prefque
tous leur bonheur à fes bienfaits ou
à fes deffeins.

Tant que les Arts avoient été limi-
tés à la Gréce , l'agitation d'une cour
orageufe & la foibleffe de la plûpart de
fes Empereuts avoient arrêté leurs progrès. Quand ils furent fous un Ciel
tranquille , & à l'abri d'un trône
moins chanchelant & plus heureux ;
ils reprirent leur ancienne force , &
déployerent toutes leurs graces. L'Italie charmée fortit de fon affoupiffe-

ment. On admira ces Etrangers. On rougit de fon obfcurité. Une noble honte faifit les cœurs. On fe rappella fon ancienne gloire , & on réfolut de la faire renaître. Le Tybre vit enfin les Mufes revenir fur fes rives : de nouveaux Virgiles faire retentir fes bords de leurs fublimes accens : des Appelles , peut-être fupérieurs à ceux de la Gréce , faire parler la toile ; & des Phidias nés dans les lieux qu'il arrofoit , y reproduire fes bien-faiteurs & fes Héros.

Les beaux Arts n'étoient pas les feuls qui recouvraffent leur luftre. La Chronologie & l'Hiftoire éclairées par les malheurs de l'Eglife , fortoient en même tems du cahos.

On ne peut excufer les novateurs des derniers fiécles. Euffent-ils même réformé des abus , ce bienfait ne jufti-ficroit jamais aux yeux d'un Philofo-phe , le fang qu'ils ont fait verfer.

Mais on ne peut nier que l'érudition
leur doit beaucoup. La plûpart des
chefs de la réforme étoient inftruits &
éclairés. Ils comprirent que le meilleur moyen , pour affurer le fuccès de
leurs opinions , c'étoit de leur aller
chercher des fondemens dans les fiécles antérieurs. La timidité qui avoit
jufqu'alors arrêté les Sçavans , ne les
retenant plus , ils porterent le flambeau de la critique dans la nuit des
tems & des faits. Toute confufion qui
pouvoit leur nuire , fut éclaircie avec
foin : toute Epoque préjudiciable, exa-
minée avec fcrupule : tout Ecrit contraire , analifé avec aigreur : tout fait
défavantageux difcuté avec rigueur :
tout trait favorable , produit au grand
jour & tourné contre leurs adverfaires.

Les Romains attaqués avec force
par l'érudition , furent obligés de fe
défendre avec les mêmes armes. L'autorité & les menaces n'étoient plus

fuffifantes. Il fallut repouffer par la raifon des ennemis redoutables que les foudres du Vatican n'effrayoient plus. On fe vit forcé de les fuivre dans la Chronologie & l'Hiftoire : de defcendre avec eux dans les labyrinthes immenfes dé ces deux Sciences : d'en percer les plus obfcurs détours ; & d'y porter un nouveau fil & de nouvelles lumieres. Une foule de particuliers zélés pour la Communion Romaine, qui fentirent pour elle la néceffité de ces études, s'y dévouerent fans partage ; & des corps entiers en firent dans leur inftitut leur principal objet.

Jufques-là la piété feule avoit préfidé à ces établiffemens facrés, où des hommes perfuadés de la mifere de nos grandeurs, & de la douleur de nos plaifirs, fe vouent, au milieu du monde, à un genre de vie qui les en fépare. Utile oifiveté, puifqu'elle fournit aux Chrétiens des exemples qui les édifient ! L'Espagne vit alors s'élever dans son sein une société d'un nouveau genre qui se proposa pour but, de défendre l'Eglise & de l'éclairer. Persuadée que les vertus sont toujours plus sûres quand les lumieres sont plus vives, elle destina ses efforts à augmenter celles ci. Dans ce point de vûe elle se fit une loi de perfectionner tous les Arts innocens, en y portant une application opiniâtre & de continuels travaux. Cette société trouva des obstacles : elle devoit en avoir ; mais elle en triompha , & éclaira ses ennemis mêmes. Si elle en compte encore aujourd'hui , au moins elle sera toujours chére aux Lettres , par le grand nombre des Hommes illustres qu'elle a produit ; au moins on ne peut sans injustice lui refuser une place dans l'énumeration des causes de leurs progrès.

Ainsi les nuages se dissipoient éga-

lement par les ennemis & les défen-
feurs de l'Eglife. L'ordre des tems fe
développoit : la vérité des faits s'éclair-
ciffoit : la fuperftition fuyoit fur les
pas de l'ignorance : la raifon continuoit d'éclairer tous les jours ; tandis
que les Médicis ornoient Florence par
des Palais magnifiques : tandis que les
Pontifes élevoient dans Rome à la divinité des Temples véritables images
de fon féjour : tandis que la majefté
de Raphael, les graces du Titien, la
hardieffe de Michel - Ange, l'éclat de
Paul-Veronefe, charmoient les yeux,
& que les accords de mille Orphées
enchantoient les oreilles : tandis que
les fons mâles du Camoens élevoient
les efprits fur les rives du Tage, &
que les éclairs de l'Ariofte raviffoient
l'imagination fur les bords de l'Eri-
dan : tandis que les images du Peintre
de Godefroi, moins nobles, moins
judicieufes que les images du Peintre

N iv

d'Enée, plus brillantes peut-être, aussi touchantes du moins, faisoient partager à toute la terre les ardeurs de Renaud, & les larmes d'Herminie.

Cependant les hautes Sciences reprenoient un vol sublime, & aidées par des découvertes merveilleuses, laissoient bien loin derriere elles, les traces de l'antiquité.

On ne sçait à qui on doit la Boussole. L'Auteur de cette invention divine est tombé dans une obscurité qui deshonore l'humanité. La Chine a vraisemblablement la gloire de l'avoir produit & la honte de l'avoir oublié. Du moins il est certain que l'Europe ne commença à jouir de cette découverte qu'au treiziéme siécle, lorsque les victoires des Tartares donnerent aux Francs une connoissance confuse des parties les plus reculées de l'Asie, & quelque relation avec l'Empire du Catay.

On sçait que les successeurs de Gen-

ghiskan , vainqueurs de l'Afie , fe jet-
terent alors fur l'Europe , & menace-
rent de l'envahir. La Ruffie entiere
avoit déja ployé fous leurs armes ; &
la Hongrie voyoit dans fes plaines les
drapeaux de ces Barbares. Les Papes
effrayés de l'orage députerent vers eux
quelques Moines pour les détourner.
Ces Ambaffadeurs finguliers allerent
jufqu'à la Capitale des Tartares , voifins de la Chine. La Chine étoit dès-
lors célèbre par fes lumieres. L'Empereur des Tartares voulut fe donner
le plaifir de faire difputer les Sçavans
de l'Europe avec les Sages de l'Afie.
Les Moines & les Philofophes eurent
de longues conférences. Sans doute
elles ne roulerent pas toutes fur la
Religion , & les Arts de la Chine exciterent la curiofité. On peut conjecturer que la Bouffole fut un des premiers dont les Lettres fe vanterent ,
& que les Moines de retour en firent

part à leur Patrie. L'Italie eſt en effet
le premier qui l'ait miſe en uſage ; &
la Fleur-de-Lys prouveroit ſeulement
que les Navigateurs à qui elle fut d'a-
bord communiquée, étoient de cette
partie d'Italie qui obéiſſoit au ſang de
nos Rois.

Conduits par cette machine étonnante, on ne craignit plus de s'expoſer
au milieu des mers. Le vaſte Ocean
regardé auparavant comme un abîme
creuſé par la main de la nature pour
ſéparer les mortels, devint un chemin
facile, formé pour les unir. De tous
côtés on découvrit de nouveaux climats ; & de nouvelles terres s'offri-
rent aux yeux des Navigateurs. Les
Côtes de l'Afrique furent parcourues,
& leurs habitans féroces chargerent
nos Vaiſſeaux, de leur yvoire & de leur
or. Les rivages de l'Aſie furent co-
royés, & payerent à nos rivieres le
tribut de leurs ſoyes. Les parties les

plus reculées des Indes furent péné-
trées , & leurs précieuses productions
échangées contre nos plus vils travaux.
Le Japon fut connu , & les Arts de ces
Ifles apportées dans nos Ports , prêterent
à notre Luxe des agrémens nouveaux.
La Chine fut étudiée , & fa morale fur-
prit les Sages de l'Europe , comme fon
induftrie anima l'émulation de nos Artiftes.

Mais l'Occident préfentoit tout autre fpectacle. Les Efpagnols guidés par
un étranger voguoient fur des Ondes
plus inconnues encore ; & affrontant
tous les périls , alloient chercher d'autres mortels , & découvrir un autre
hémifphere.

Si le mérite des grands Hommes
doit fe mefurer au génie néceffaire
pour imaginer le projet , à la force
d'ame pour écarter les obftacles , au
courage pour braver les dangers ; enfin
aux avantages que fes fuccès ont procu-

rés aux hommes. Chriſtophe-Colombe eſt peut-être le premier des humains, & le plus digne de nos hommages.

Il faut ſe tranſporter dans les opinions de ſon ſiécle ſur les Antipodes traités de chimere par la raiſon, d'erreurs par la Religion. Il faut voir ce grand Homme diſſipant les fauſſes lueurs de l'une avec force, éludant les redoutables objections de l'autre avec un reſpect adroit ; perſuadant à des Princes avares de l'appuyer, & à des hommes timides de le ſuivre. Il faut le ſuivre dans des mers abſolument ignorées, la ſonde à la main, luttant ſans ceſſe contre les tempêtes, & la crainte des écueils ; bravant les fureurs d'un équipage irrité juſtement en apparence ; ne déſeſpérant jamais de ſon projet, malgré tant de motifs de déſeſpoir ; & finiſſant par donner un nouveau monde à l'ancien.

Ce monde ne porta point fon nom, & la bizarre ingratitude des hommes, en nommant l'Amerique, fit cet honneur à un avanturier qui n'y découvrit rien, & à des Rois qui la tiranniferent.

Tout gagna à cette découverte. La Sphere des idées s'aggrandit. L'exiftence des Antipodes fut fixée, & leur féparation totale donna une nouvelle clarté à la raifon. Une nouvelle efpéce d'hommes fournit des idées hardies à la Métaphyfique. Les mœurs de ces hommes que l'éducation n'avoit point changées, firent naître des connoiffances dans la morale. De nouvelles plantes enrichirent la Botanique, & prêterent des fecours puiffans à la Medecine. De nouveaux phenoménes éclairerent les efprits fur l'Hiftoire naturelle. Un Ciel nouveau préfenta des Aftres nouveaux, & produifit de nouvelles conjectures. On dédaigna l'Univers de Ptolomée ; on en imagina de

plus vraisemblables. Copernic soup-
çonna le véritable, il le réflechit, &
il osa ensuite regarder l'idée comme
certaine. Il fit plus ; il osa l'indiquer,
& il trouva des partisans qui oserent
le croire. On ne pouvoit cependant regarder ce sentiment, que comme une
importante probabilité. Quelque tems
après le hazard fit trouver le Telesco-
pe. Un enfant en Hollande rassem-
blant deux verres, vit avec étonnement les objets rapprochés & grossis
jusqu'au prodige : le voile de la nature fut tiré : l'arrangement du monde
cessa d'être un problême ; & Galilée
dont la superstition voulut en vain
étouffer la voix, en fit une certitude
avouée aujourd'hui dans toute la terre.

Le triomphe des beaux Arts n'étoit
pas si étendu. L'Italie en étoit presque
encore le seul théâtre. La Grèce continuoit de ployer sous une loi qui fait
une vertu de l'ignorance. L'Espagne

n'étoit occupée que du foin de s'enrichir de la dépouille des malheureufes
Indes. Le Poëte Epique qui avoit illuf-
tré le Portugal , avoit donné d'égales
preuves de la beauté de fon génie & de
la barbarie de fon goût. Le Nord agité
par les divifions du Sacerdoce , étoit
en proye à toutes les fureurs de la difcorde & du fanatifme. Les foibles lumieres qui avoient brillé en Angleterre pendant les beaux jours de Henri
VIII. s'étoient perdues dans les orages
qui avoient troublé la fin de ce regne ;
ce regne où le fang couloit fous le
fer de la Religion , tandis que la jaloufie en baignoit le trône.

La France étoit un peu plus heureufe. La Cour de Charles VIII. avoit
montré quelque goût. Alain Chartier
avoit fait briller une Eloquence con-
forme à ce tems. Villon s'étoit diftin-
gué par des Poëfies éclipfées dans des
âges plus lumineux. Philippe de Co-

mines plaît même aujourd'hui malgré
la vétufté de fon Idiome, par la naïveté de fon ftile. Louis XII. & fon refpectable Miniftre ne négligerent point
cette enfance littéraire. Mais François I. au milieu de fes triomphes &
de fes revers, fe fit un devoir de la
fortifier ; & le rival de Charles V. le
Héros de Pavie, le vainqueur de Mari-
gnan, préféra à ces titres celui de pere
des Lettres. Il fit en leur faveur des
établiffemens avantageux ; il leur pro-
digua fes dons, & il eut le plaifir de
s'en voir payé.

Le Théâtre commença fous fon regne
à fe dépouiller de fon ancienne barbarie. La Profe prit des tours plus
exacts. Marot donna à la Poëfie des
graces dont le tems n'a point entierement terni l'éclat. On apperçoit des
progrès marqués. On fent que les Arts
étoient en état d'aller loin. Ils ne pé-
rirent point dans les troubles fi longs,

fi

fi cruels qui agiterent le trône des pe-
tits-fils de François. Montagne traçoit
alors ces effais où l'on trouve le mêlange fingulier d'une prolixité qui rebute le plus patient Lecteur, & de
graces qui les rendent les délices des
plus délicats. Henri qui redonna enfin
un calme, l'ouvrage de fon humanité & de fa valeur, le grand Henri
tomba immolé par le fanatifme, lorfqu'après avoir fait le bonheur de la
France, il vouloit encore lui donner
des lumieres. Heureufement fon Sceptre tomba dans les mains d'une Reine
que le génie héréditaire de fa maifon
fit fuccéder aux deffeins de fon Epoux,
comme à fon pouvoir.

O

QUINZIE'ME AGE.

Dix-septiéme Siécle.

RICHELIEU, DESCARTES.

ON ne connoît point affez Marie de Médicis dans l'Hiftoire des Arts. C'eft elle qui apporta d'Italie ce goût inconnu auparavant dans nos climats. Le Palais d'Orléans, le plus beau morceau d'Architecture que poffède la Capitale eft fon Ouvrage. Rubens ce rival des grands Hommes d'Italie, qui montra le premier des chefs-d'œuvres en France, Rubens vint en France par fes ordres, & s'anima par fes bienfaits. C'eft depuis cette Régence, que l'on apperçoit de l'ordre dans les édifices, de la fineffe dans les tableaux, de la délicateffe dans les ftatues. C'eft donc à cette Princeffe que la Patrie doit l'hommage de fa reconnaiffance , pour le renouvellement de ces trois Arts.

La Littérature Françoife fe fortifioit tous les jours. Defportes avoit poli notre verfification : Mainard donnoit de la force à nôtre Poëfie : Racan commençoit à orner l'Ifdile d'heureufes images : Rotrou rendoit quelque majefté au théâtre : la Lyre acquéroit entre les mains de Malherbe une harmonie nouvelle , & des graces inconnues.

La Profe brilloit moins. En général, la Langue Françoife étoit encore dure. Ce n'eft pas qu'il n'y eut beaucoup d'efprits en état de la polir ; mais la plûpart s'attachoient aux Langues mortes. Ainfi la Langue du Pays n'y gagnoit rien ; & cet abus auquel on s'obftinoit l'auroit laiffée long-tems dans cette foibleffe , fans le Cardinal de Richelieu qui le fentit & le corrigea.

Ce Miniftre qui donna le calme au corps , en noyant dans le fang l'acti-

vité des membres, cet homme l'ami de
la gloire de la Patrie, & l'ennemi de
fa liberté ; qui n'aima jamais fes concitoyens, mais qui chérit toujours la
grandeur de l'Etat : ce génie fupérieur
fentit qu'en vain les Armes & la Politique affureroient à la France la fupé-
riorité de puiffance fur fes voifins, fi
les Lettres ne lui procuroient la préé-
minence de lumieres. Il crut que, quelque éclat que pût avoir un Empire
fans les talens, il étoit toujours avili
par une certaine idée de groffiéreté qui
réfulte de ce vuide. Il comprit que,
pour lui procurer ce genre de gloire,
il falloit rendre la Langue docile aux
travaux, & engager les efprits à la cultiver. Dans cette double vûe il érigea
l'Académie, en lui prefcrivant pour
objet la réformation de l'Idiôme ; &,
afin de tourner l'émulation de ce côté-
là, il combla d'honneur ceux qui s'y
exercerent.

Malheureusement, les premiers qui y furent employés n'avoient pas tout le génie néceffaire pour un fi grand ouvrage. Ils laifferent des traces de l'ancienne Barbarie : des verbes nommés auxiliaires, & en effet onéreux ; multipliés à l'excès : des terminaifons uniformes, & des articles fans nombre ; propres feulement à faire languir l'expreffion : fur tout un ordre grammatical dont on eft efclave ; ordre fi fouvent oppofé à l'ordre naturel des chofes, & par conféquent à la clarté, prefque toujours nuifible à l'harmonie & à la force. Ajoûtons-y une Ortographe bizarre, fans cefle contredite par la prononciation ; enfin tant de vices dont notre locution la plus parfaite n'eft pas exempte. Cependant, fi les premiers Académiciens ne corrigerent pas la Langue autant qu'il l'auroit fallu, du moins la rendirent bien fupérieure à ce qu'elle avoit été ; du moins ils la

mirent en état de recevoir la teinture
des efprits qui la cultivoient.

Malherbe, efprit excellent & fupérieur à tous ceux qui l'avoient précédé,
continuoit à y porter de la netteté, de
la douceur & de l'élégance : Balzac,
efprit peu délicat, mais porté au
Grand ; en la gâtant par une emphafe
ridicule, la relevoit fouvent par une
dignité peu ufitée jufqu'alors : on
peut l'appeller le Précurfeur de l'harmonie dans la profe. Voiture, efprit
étroit, mais délicat, qui défiguroit prefque toujours la fienne par des peti-
teffes, l'ornoit quelquefois d'une légereté aimable.

La langue dût encore plus aux Traducteurs. Le meilleur moyen, pour
former une langue accoutumée au
faux & au précieux, étoit en effet de
la ployer aux penfées fimples & fortes des génies de Rome & d'Athènes.

Enfin le grand Corneille l'éleva au

fublime ; & dans l'âge fuivant, l'énergie de Pafchal, le naturel de Moliere,
l'élégance de Boileau, & les graces de
Chapelle, lui donnerent toute la perfection dont elle eft fufceptible.

Il ne manquoit plus que de former
la Philofophie. Elle rampoit en France : & ceux qui s'y appliquoient
étoient ceux qui nuifoient le plus aux
progrès. Au lieu de chercher la vérité dans l'évidence, on ne vouloit la
trouver que dans l'autorité. Si la raifon dictoit quelque chofe, on en con-
fultoit auffi-tôt la conformité avec les
opinions d'Ariftote, ou les rêveries
de fes barbares Commentateurs. Si,
comme il arrivoit prefque toujours,
elle s'y trouvoit contraire, on l'im-
moloit auffi-tôt. Le refpect qu'on
avoit pour cet Ancien, le poids de
tant de fiécles qui l'avoient adoré,
l'ufage, l'éducation, la fuperftition
même s'intéreffoient au triomphe de ce

faux fçavoir, & tenoient la vérité captive. l'Europe entiere étoit dans le même efclavage ; & l'Italie quoique plus éclairée, n'avoit pas encore tenté de brifer cette chaîne.

Perfonne n'ofoit penfer contre Arif- tote, & ofoit encore moins s'expri- mer. Il falloit un génie fupérieur & hardi qui eut le courage de faire l'un & l'autre. La France le fournit au monde.

Defcartes porta le premier les lu- mieres de la raifon dans les ténébres du Péripatétifme : elle lui en fit bien- tôt connoître le foible. Dégoûté de l'autorité par les abfurdités qu'il y avoit découvertes, il fe fit ce principe fi fage, & la bafe de toutes les connoif- fances juftes, de ne regarder comme vrais que les jugemens avoués par fes propres réflexions. Enfuite il s'impofa la loi de révoquer toutes fes idées, & de les foumettre au rigoureux examen
de

de l'évidence. Après avoir fait par ce moyen de grandes découvertes, il eut la force de les indiquer à fes concitoyens, & de leur faire part de la maxime qui les avoit fait naître. Il fut la victime de fa hardieſſe; mais en fuyant de fa Patrie, il laiſſa les étincelles qui devoient un jour rallumer la raiſon. Il eſt vrai qu'il laiſſa en même-tems des erreurs; mais il en avoit préparé la chûte, en apprenant aux hommes à ne s'aſſervir qu'à leurs lumieres. C'étoit aſſurer le triomphe du génie contre fes propres fentimens. C'eſt lui qui a forgé les armes de fes rivaux; & le Philoſophe qui fait la gloire de l'Angleterre, a allumé à la lampe du Philoſophe François, le flambeau dont il a éclairé l'Univers.

Cependant les Médicis & les fouverains Pontifes continuoient d'animer les beaux Arts en Italie. L'Allemagne commençoit à fe réveiller de fon aſſou-

P

pillement. L'Espagne vantoit déja des
Historiens célébres & des Comiques
aimables. L'Angleterre comptoit parmi
ses habitans, des Sçavans illustres ; &
sans parler de ceux qui fleurirent sous
le regne d'Elizabeth , ni d'Elizabeth
elle - même qui cultivoit les Lettres
avec autant de succès qu'elle les protégeoit avec grandeur ; on vit sous son
Successeur , un Chancelier Philosophe
tenter presque tous les genres , réus-
sir dans beaucoup , & exceller dans
quelques-uns.

Ainsi tout conspiroit en Europe , à
donner aux Arts le siécle le plus brillant , pour peu qu'ils eussent des Protecteurs. Ils eurent le bonheur de
trouver en Angleterre un Monarque
éclairé , & en France un grand Roi,
dont les bienfaits passerent leurs desirs.

SEIZIE'ME AGE.

LOUIS LE GRAND, NEUTON.

LA grande qualité des Rois eſt la connoiſſance des hommes. Un Prince peut, avec ce talent, manquer de tous les autres. Qu'il ſache diſcerner les eſprits, les employer à propos, les ſuivre avec vigilance, les ſoutenir avec conſtance : quand même il auroit pour le reſte une capacité médiocre, il ſera un illuſtre Roi, & aura un regne fortuné & glorieux : à peu près comme ce Général, qui mourant, & porté ſur un brancard au milieu de cent mille combattans, accabloit les rivaux de ſon Maître, en dirigeant contr'eux les bras de ſes ſoldats, & une force qui lui manquoit à lui-même.

Il n'y a qu'une voix ſur cette vertu

de Louis XIV. Ceux mêmês qui, malgré tant de fuffrages , lui refufent les autres parties , font forcés de rendre hommage à celle-ci. C'eft elle qui lui donna des Turennes & des Condés à la tête de fes Armées; des Louvois dans fes Confeils, & des Colberts dans fes Finances. C'eft elle qui a fait naître ce regne fi triomphant , fi glorieux en tout genre; ce regne qu'un des premiers hommes du monde , & par le rang & par le génie, a décrit dans des Mémoires immortels , avec tant de charmes ; & reproduit avec tant de grandeur dans fes vaftes Etats.

Dans tous les fiécles, il y a des génies; & c'eft du trône que dépendent leurs deftinées. C'eft de-là d'où partent les orages qui les accablent, ou les rayons bienfaits qui les animent.

Louis aimoit les Arts. On l'a vû verfer des larmes , parcequ'on avoit négligé de l'y former.

Louis honoroit les Arts. Il s'enfermoit quelquefois avec Boileau, pour s'éclairer avec lui. On le vit entretenir Moliere, le féliciter publiquement fur la bonté d'une Comédie ; le raffurer contre la crainte de la difgrace d'une autre.

Louis récompenfoit les Arts. Chapelain jouiffoit d'une penfion confidérable.

Enfin Louis forma des Académies. Lorfque ces fortes d'établiffemens font rares, & les membres peu nombreux, rien ne pique mieux l'émulation, fur tout dans un Pays où l'amour-propre des habitans, plus vif, rend plus jaloux des diftinctions. Ceux même qui femblent les dédaigner font mille efforts pour les acquérir. C'eft une efpece de fceau du mérite qui, vrai ou faux, flatte toujours les poffeffeurs, ou anime les prétendans. Il ne faut pas tant regarder les ouvrages que les Académies ont donnés ; mais les ouvrages que l'efpérance d'y parvenir a fait naître. On fe les figure comme une carriere d'Athlétes ; c'eft plutôt une retraite d'Emérites.

L'Académie Françoife trouva dans Louis un fecond Fondateur. Les Académies des Sciences & des belles - Lettres lui doivent leur établiffement ; toutes, leur gloire, parce qu'il voulut être le Protecteur de toutes.

La France répondit aux foins de fon Souverain. L'Angleterre aux lumieres de fon chef. Des Philofophes & des Artiftes illuftres s'éleverent en foule fous les deux regnes ; & la gloire & les Arts confpirerent à en illuftrer les beaux jours.

Dans ce nombre prodigieux , choififfons quelques hommes , dont le génie & les travaux pafferont à la poftérité la plus reculée. Fixons même un plan dans cette énumération. Celui qui fe préfente naturellement , c'eft de fuivre les degrés du génie. Beaucoup ont pris cette méthode ; & prefque tous fe font égarés , parceque l'amour-propre s'eft mêlé à leurs fuffrages. Chacun appelle génies fupérieurs ceux qui ont paru dans la carriere qu'il fuit lui-même. Eft-ce un Prédicateur qui affigne les rangs ? Bourdaloue tient le premier. Un Avocat chaffe celui-ci en faveur de Patru. Celui qui excelle à faire des Vers , exclut S. Evremond du Temple qu'il bâtit , y place à peine Pafcal , & ne met que des Poëtes dans le Sanctuaire.

C'eft ne voir les objets qu'au travers du prifme des préjugés. Dépouillons-nous de leurs nuages ; & que nos erreurs ne foient que les erreurs de la foibleffe , & jamais les impoftures de l'intérêt.

La premiere qualité de l'ame , c'eft la pénétration qui perce dans les objets

& en découvre les principes. Cette qualité fait les génies créateurs, & brille fur tout dans le Philofophe ; foit qu'il fouille dans le cœur humain, & qu'il en dévoile les paffions ; foit qu'il life dans les actions des hommes les caufes cachées, dont elles font émanées ; foit qu'il arrache à la nature les fecrets que cette mere jaloufe fembloit vouloir dérober à fa curiofité.

La feconde qualité de l'ame, c'eft cette force d'imagination qui rapproche dans un trait jufte, court & frappant, les rapports les plus éloignés, & en même tems les plus effentiels à l'objet. Cette qualité donne le fublime, & fait les génies élevés.

La troifiéme, c'eft cette fidélité d'imagination qui préfente avec netteté à l'efprit, l'objet revêtu de toutes fes nuances, & en fait paffer dans les travaux de l'Artifte une vive imitation. Cette qualité fait tous les hommes à talens, Orateurs, Poëtes, Peintres, Sculpteurs, que l'on peut appeller les Peintres de la nature.

Les qualités qui fuivent celles-là, font le jugement, le goût, & l'ordre : elles donnent les efprits folides.

Enfin viennent la légéreté, la finef-fe, la délicateffe, qui ferment ces efprits peu étendus, négligés, fi ai-mables pourtant, que le Sentiment anime, & que les Graces infpirent.

Il n'eft point d'Artifte immortel qui ne réuniffe plufieurs de ces qualités : il en eft même chez qui on les trouve toutes. Chacun cependant en a une qui domine ; & c'eft, felon le dégré de celle-ci, qu'il faut affigner les claffes différentes.

Dans la même claffe, les genres font plus nobles, à proportion qu'avec la qualité qui leur eft effentielle, ils en exigent un plus grand nombre d'au-tres. Ainfi dans la claffe des talens, la

Poëfie eft fupérieure à la Peinture ; parce qu'outre l'ordonnance , l'enfemble , l'expreffion qui font communes à ces deux genres , la Poëfie eft obligée de faire parler fes Acteurs muets dans la Peinture ; ce qui fait pour la premiere une difficulté , & conféquemment un mérite de plus. Par la même raifon, la Peinture eft au deffus de la Sculpture , parce que le Peintre qui forme des touts compliqués , a befoin de plus d'étendue d'efprit que le Sculpteur qui fe borne toujours à un petit nombre , & fouvent à un feul Perfonnage.

Enfin dans les mêmes genres , les Artiftes font plus refpectables , à proportion que , tout égal d'ailleurs , ils montrent plus de parties ou plus de fertilité.

Neuton eft de tous les hommes celui qui a vû le plus & le mieux. Sa pénétration infinie eft accompagnée

d'une juftefle qui ne le laiffe jamais
s'écarter de fon but. Son imagination
fans ceffe foumife à la raifon, ne lui
fournit que le foupçon & l'occafion
d'une expérience. Il n'y a que celle ci
unie à l'évidence, qui ait pour lui le
droit de faire une certitude. Ce n'eft
que dans la Nature que ce Génie recherche la Nature.

Defcartes, avec une pénétration
peut-être égale, fe laiffe fans ceffe emporter à fa vive imagination. Il adopte
tous les phantômes fpécieux qu'elle lui
offre. Il ne demande la vérité, qu'à
cette mere des aimables illufions : auffi,
au lieu de découvertes, donne t il
fouvent des fiétions brillantes qui enchantent d'abord, où l'on s'égare
long - tems avec plaifir, qu'on voit
tomber avec douleur, & qu'on quitte
avec regret. On eft fâché que le monde
de Defcartes ne foit pas le monde de
la nature.

Il faut faire attention que les circonſtances fourniſſoient bien des avantages à Neuton.

Deſcartes a marché long-tems dans le cahos, & a été obligé de le débrouiller. Il faiſoit jour, quand Neuton a commencé ſa carriere. Deſcartes a paru dans un tems où l'ignorance & la ſuperſtition, ennemies de ſes démarches, l'obligeoient ſouvent de s'arrêter, ou de ſe détourner. Neuton a brillé dans un âge où la raiſon & l'amour de ſçavoir, revenus dans l'Europe, animoient ſes efforts, & applaudiſſoient à ſes progrès. Deſcartes a vû ſes jours s'écouler dans les diſgraces: & qui ne ſçait combien leurs nuages offuſquent les lumieres ? Neuton a toujours joui d'une abondance qui lui procuroit cette précieuſe tranquillité, l'ame des travaux de l'eſprit. Deſcartes étoit né dans un Pays, où le mérite trouve ordinairement beaucoup de rivaux qui le haiffent , un petit nombre d'admirateurs qui l'honorent , nul bienfaiteur généreux qui le récompenfe. Neuton avoit pour Patrie cette Ifle heureufe , où le mérite trouve prefqu'autant de bienfaiteurs que d'amis , prefqu'autant d'amis que d'admirateurs , prefqu'autant d'admirateurs que de citoyens.

Toutes ces différences ne doivent pas être omifes dans l'évaluation de ces deux grands Hommes.

Pafcal joint à la pénétration une profondeur qui étonne. Son œil de Linx perce les abîmes du cœur humain. Sa main terrible arrache les voiles de l'amour-propre. Sa forte imagination en peint les erreurs dans les plus frappantes images. C'eft dommage que le préjugé arrête ou défigure quelquefois fes pinceaux. Quel génie la fuperftirion n'a-t-elle point en lui ravi à la raifon ?

Bayle moins profond , montré une

juſteſſe plus conſtante , & ſurprend
par ſon étendue. On ne peut voir ſans
étonnement la prodigieuſe Sphere où
ſe porte ſon eſprit. On ne peut voir
ſans admiration , avec quelle exactitude il en remplit l'immenſe variété.
On eſt bien éloigné d'approuver ſa
façon de penſer : mais , quelle qu'elle
ſoit , il eſt certain que Bayle eſt un des
hommes qui ont le plus honoré l'eſprit
humain.

Malbranche , eſprit aſſez ſemblable
à Deſcartes , mais bien inférieur ,
conſulte ſans ceſſe une imagination
vive, forme des ſyſtêmes bizarres qu'il
ſoutient d'une maniere juſte, embraſſe
des idées fortes pour ſoutenir des idées
foibles qu'il adopte ſans examen ; imagine tout , décide beauconp , cherche
peu , & ne trouve rien.

Looke , ce Neuton de la Métaphy-
ſique, marche timidement dans ſa carriere ; porte un œil attentif ſur tout ;

indique avec modeftie des idées fortes ; n'imagine rien , doute fans cefle ,
cherche toujours & trouve beaucoup.

Voilà les véritables génies qui ont
éclairé l'Europe dans le fiécle pafté. Le
premier fur tout eft un de ces hommes
qui tiennent quelque chofe du Divin.
Je n'en connois qu'un dans l'antiquité
qui puifle lui être comparé ; & peut-
être la Morale peut elle fe flatter aujourd'hui d'en pofféder un troifiéme.

La pénétration eft fans doute la qualité la plus refpectable : cependant la
force ne lui céde guéres , & n'eft pas
moins rare. Elle a même quelque chofe
qui frappe davantage , & qui lui attire
fouvent plus d'hommages.

Corneille , Milton , & Shakefpéar
déployent cette qualité toute entiere.
On les voit fe porter fans cefle au fublime , & immoler tout à ce genre.
De là viennent les fréquentes négligences , & quelquefois les fautes con-

fidérables qu'on apperçoit dans leurs
ouvrages. Ce font des mers qui tendent à s'élever vers le globe de la Lu-
ne, & laiffent leurs rivages à découvert.
Shakefpear même n'a que cette partie. Il paroît privé abfolument de toutes les autres : ainfi il eft fans difficulté
au-deffous des deux premiers.

Corneille & Milton retrouvent,
quand ils veulent, l'Art qu'ils femblent dédaigner. L'un & l'autre fçavent
émouvoir : l'un & l'autre fçavent peindre : l'un & l'autre fçavent exprimer
toute la délicateffe de l'amour avec
cette même touche qui trace les habitans du Ciel, ou les Maîtres de la
Terre. Corneille montre plus de jugement dans le choix de fes fujets. Il
préfente une plus grande variété de caractéres : il a moins de traits forcés
& d'images bizarres. Cependant, (que
l'amour de la Patrie nous permette cet
aveu) l'Anglois eft au-deffus du François.

çois. Outre que le genre de Milton, supérieur à celui de Corneille, demande plus de talens, il eſt aiſé d'appercevoir dans l'un de ces génies, des parties éminentes qui ne ſe trouvent point dans l'autre.

Corneille a des foibleſſes : Milton n'a que des écarts. Corneille rampe quelquefois : Milton extravague même avec nobleſſe. Les Acteurs de Corneille donnent ſouvent dans la Déclamation : ceux de Milton ſortent rarement de la paſſion qui les anime. Le ſtile de Corneille eſt ſublime, ſans être majeſtueux : celui de Milton eſt auſſi majeſtueux que ſublime. Enfin, & ceci décide, le gracieux, le fin, le naïf, ſont inconnus à Corneille : jamais perſonne ne les mania plus heureuſement que Milton. Qu'on liſe le cinquiéme Livre du Paradis perdu, ce Livre incomparable ! Quelle naïveté dans les peintures d'Eve ! Quelle no-

Q

bleffe dans les difcours d'Adam ! Quelle candeur dans les fentimens de ces deux époux ! Quelle douceur dans leur tendreffe mutuelle ! Qnels charmes, quelles graces dans la Defcription du féjour de leur félicité ! Quelle force dans les fureurs de leur ennemi, & quelle fineffe dans le tableau de fes rufes ! Pourquoi, avec plus de feu que Virgile, Milton n'en a-t-il pas le jugement ? Il feroit même fupérieur à cet homme divin.

Boffuet a prefque la force des premiers, & y joint une rapidité qui lui eft particuliere avec une érudition immenfe. Saurin l'approche, & Bourdaloue inférieur du côté de la vigueur, en répare le défaut par un raifonnement profond, & une expreffion pleine de la dignité qui convient à fon genre.

Moliere, Racine, & la Fontaine peignent également bien leur objet.

Moliere défectueux dans fes Plans,

eft le premier dans le détail. Vivacité, vérité, fertilité, fineffe, tout, quand il veut s'unit contre les ridicules dont il eft le fleau. Quelque vafte que foit cette carriere, (& malheureufement elle eft immenfe) fon génie en égale toute l'étendue.

Il s'en faut bien que Racine ne remplilfe toute la fienne. Il y a des paffions qui lui échappent abfolument; la grandeur fur tout paroît lui être étrangere. Tous, ou prefque tous fes Héros font manqués : mais en récompenfe, avec quels charmes ne peint-il point les Amans? C'eft le Titien du Cothurne; c'eft l'Appelles de l'Amour. Il devient génie créateur, quand il touche cette paffion : il en apperçoit tous les caprices, toutes les inquiétudes, toutes les contradictions. Il n'eft point de nuages qui fuyent fon pinceau, point d'imperceptibles délicateffes qui fous fa main ne fe placent dans tout leur jour. Qu'on ajoûte à cela la fineſſe de l'Art, & l'exactitude de l'expreſſion, portées à leur comble ; & il faut convenir que ſes beaux tableaux ſont les plus achevés qui ayent jamais orné la Scène.

La Fontaine a une naïveté, & des traits originaux qui lui ſont particuliers : il ne faut pas cependant le mettre en parallele avec Racine. La différence des genres en doit aſſigner une entre les Artiſtes qui ont également réuſſi. Placer le conte du Berceau à côté de la Tragédie de Bajazet, c'eſt ranger de niveau la Veſtale de **, & l'Apothéoſe de le Moine.

Boileau eſt l'Ecrivain qui a jamais le mieux montré combien le jugement ſecondé d'un travail aſſidu, pouvoit réparer le malheur d'une imagination bornée. A force de tenter & d'emprunter avec choix des ſecours, il s'éleve, & ſe ſoutient infiniment au-deffus de fa Sphere. On le prendroit alternativement pour le grand Virgile, pour le délicat Horace, pour le véhément Juvenal. Son Lutrin, fes Lettres au Roi, fon Art Poëtique feront d'immortelles Apologies du pouvoir de la raifon unie à une étude opiniâtre.

Saint Evremond eft tout différent : il ne doit rien au travail : c'eft la nature même qui lui donne le goût le plus délicat. On ne peut avoir le tact plus fin, & le difcernement plus exact. Il n'eft pas même borné à ce talent. Il crée aufi quelquefois, fur tout quand il fonde le cœur humain. Alors rival de Pafcal, il devient dans le fin, ce que l'autre eft dans le profond ; & fe montre un des plus beaux génies dont fe glorifie la France.

Dryden a beaucoup d'étendue, une fécondité furprenante, & une inégalité plus grande encore. Il embraffe prefque tous les genres, les manque,

& les remplit tous , mêlant fans ceffe les beautés & les fautes , la grandeur & la foibleffe , le prolixe & le concis. Génie fupérieur par la Nature, à peine eft-il au rang des médiocres par l'Art.

Rochefter & la Bruyere ont beau-coup d'écarts, peu de fineffe , encore moins de graces , & fe font pardonner tout par une vivacité qui enchante. Fénelon , plus lent, charme par la dou-ceur de fes images ; & Fléchier répare fon peu de feu , par une aménité aima-ble , foutenue d'un ftile pur.

Patru & le Maître fe difputent les palmes du Barreau ; l'un plus vif & plus fort ; l'autre plus exact & plus jufte : l'un plus propre aux caufes de fentiment & d'imagination ; l'autre meilleur dans les caufes de raifonne-ment & d'intérêt.

Qui ne connoît l'élégance de Bou-hours & de Temple , le naïf de Def-houlieres & de Spenfer , les images de

Chaulieu & de Prior ? La douceur de
Waller , & la délicateffe de Buking-
ham ; les graces de Quinault , qui font
oublier fes fréquentes négligences ;
le naturel de Sevigné qui fait lire jufqu'à fes plus frivoles bagatelles ; enfin
la légéreté de tant d'Ecrivains dont les
deux Langues ornerent le regne de
Charles , & les beaux jours de Louis ?

Mignard , le Sueur , & le Brun ne
laiffent au-deffus d'eux que les grands
Hommes d'Italie : Mignard plein de
délicateffe , & excellent dans les coloris : le Brun & le Sueur , tous deux
foibles de ce côté , mais tous deux admirables dans l'ordonnance ; le Brun
plus noble dans fes Plans , plus hardi
dans fes traits , le Sueur plus vif dans
fes deffeins , plus fidéle dans l'expreffion.

Les graces tiennent le Cizeau de
Girardon , & la force celui de Puget.
L'un & l'autre par d'heureufes copies

mettent fous nos yeux les modéles avec une fidélité qui feroit croire à l'Italien étonné, qu'on lui a ravi les Originaux, s'il ne retrouvoit dans notre marbre une vie plus marquée.

Perrault eft fait par la Nature pour élever des Temples à la Divinité, & des Palais aux Rois. Manfard femble deftiné pour bâtir aux particuliers des maifons commodes & des campagnes riantes.

Le Nautre eft le favori de Flore; foit que dans des Parcs immenfes, il déploye fes charmes avec magnificence; foit que dans des terrains ingrats, il montre fes graces avec les miracles de l'Art; foit que dans des jardins enchanteurs, il la faffe fourire dans le fein de la Volupté.

DIXSEPTIE'ME

DIX-SEPTIE'ME AGE.

PIERRE LE GRAND, LEIBNITZ.

UNe profpérité conftante couronne rarement une vie longue & agitée. Rarement la Fortune applaudit-elle aux deffeins d'un ambitieux , fans en exiger , à la longue , des intérêts proportionés à fes faveurs. Un Conquérant eft un joueur heureux qui jette mille fois les dés , qui rencontre fouvent des combinaifons avantageufes , mais qui enfin en trouve une fatale dont le point décifif lui fait perdre le prix de toutes les autres.

Louis le Grand fembloit , au commencement de ce fiécle , offrir l'exemple illuftre d'une exception à cette loi. Vainqueur & pacificateur tour-à-tour , l'arbitre de l'Europe & l'idole du mon-

R

de , il avoit vû pendant foixante ans ,
les orages fe former , éclater , fe ter-
miner au gré de fes defirs ; la férénité
ne revenir qu'avec fon aveu, & toujours
en lui payant le tribut de l'agran-
diffement de fes Etats. Un Royaume
puiffant accru , embelli , éclairé par
fes foins ; des fujets innombrables
tremblans à fa voix ; des Armées
triomphantes , des rivaux abaiffés ,
un nom refpecté jufqu'aux extrémités
de la terre ; enfin un trône environné
de nombreux héritiers de fa grandeur :
tel étoit le fort de ce Monarque. Tout-
à-coup fes lauriers fe flétriffent , tombent , & fe changent en cyprès. La
mort moifonne fa famille : la victoire
abandonne fes étendarts : fa gloire
paffe fur la tête de fes plus implaca-
bles ennemis. Il ne combat plus pour
l'Empire : il défefpére de fon falut.
Heureux cependant d'avoir été témoin
d'un retour; & que le triomphe né du

ſein des diſgraces , ait encore éclairé
ſon tombeau !

Les Lettres parurent ſuivre la révolution des armes. Juſques-là , l'Angleterre, malgré les deux génies qui ſeront à jamais ſa gloire , ſe trouvoit
obligée de céder à la foule de nos Artiſtes. Elle ſe vengea alors , & prit un
avantage marqué ſur ſa rivale.

Cependant , comme la France au
milieu de ſes revers , enfanta des Héros , elle donna de même aux Lettres
des hommes excellens. Deux entr'autres ont fait l'honneur de ces jours ,
& illuſtrent encore les nôtres : l'un ,
génie mâle , pathétique & vigoureux ,
qui ne ſemble un peu dur que parce
qu'il a beaucoup de force ; l'autre eſprit pénétrant , fin , méthodique , qui
ne paroît avoir peu de feu que parce
qu'il a beaucoup de juſteſſe : l'un qui
n'a embraſſé qu'un genre , & qui y a
excellé ; l'autre qui les a eſſayés tous ,

& qui y a réuſſi : l'un qui , malgré
le poids des ans , vient encore de char-
mer le Public par un tableau qui n'eſt
point indigne de ſa jeuneſſe ; l'autre
qui , malgré les glaces de la vieilleſſe ,
éclaire encore ceux qui ont le bonheur
de l'entendre.

La Mothe dont la voix flateuſe enchanta ſes Contemporains , ne ſera
point inconnu à la poſtérité ; & ſi cet
homme ſi délicat, ſi gracieux , a eu le
ſort , par le défaut de chaleur , de n'exceller en aucun genre ; au moins il a
eu l'avantage d'être le ſecond dans pluſieurs : au moins il a joui du plaiſir d'arracher des ſuffrages illuſtres qui l'ont
élevé au-deſſus d'un rival dont les talens ſupérieurs ſeront mis par l'équitable poſtérité au rang des immortels.

Il faut convenir que Rouſſeau apperçoit peu ; mais perſonne n'apperçoit
mieux. Il eſt un de ces Artiſtes rares
par tout , & ſur tout en France , qui

ont donné des ouvrages abfolument
finis. La critique eft prefque obligée de
fe taire fur fes bons morceaux. Et que
diroit-elle contre ces Pfeaumes divins
qui déployent la grandeur de Dieu, la
terreur de fes jugemens, la douceur de
fes récompenfes; contre ces Odes qui
montrent les crimes de la fortune, qui
donnent des confolations dans les revers, qui peignent la douceur de la
tranquillité, ou qui tracent les vertus
d'Eugene? Que diroit-elle contre tant
de Cantates admirables; foit que Circé
force les Mânes à fortir du tombeau,
ou que Bacchus defcende du Ciel aux
accens de la lyre; foit que Venus trouble le Ciel pour le choix d'un Epoux,
ou que Thétis céde aux inftances réi-
térées d'un Amant? Que diroit - elle
contre quelques-unes de fes Allégories,
beaucoup de fes Epîtres, prefque toutes fes Epigrammes, tant de chefs-
d'œuvres, où la force & l'élégance

s'embelliſſent continuellement des ſons les plus harmonieux ?

On a beau faire, pour avilir le mérite réel : il perce toujours. On peut, à force de s'armer contre lui, en dérober pendant quelque tems, l'éclat au grand nombre, ſur tout quand on appuye ſes cenſures d'une réputation établie : mais les bons yeux ne ſont point les dupes de l'illuſion, & tôt ou tard ils deſſillent les autres.

Rouſſeau n'eſt point un de ceux qui penſent le plus, & qui ont le plus grand nombre de talens ; mais il eſt un de ceux qui penſent le plus fortement, & dont le talent eſt le plus décidé. il n'eſt pas au rang de ceux qui peignent en grand, & qui y excellent ; mais il eſt le premier de ceux qui peignent en détail.

Cependant le Pere d'Idoménée regnoit ſur laScène ; & ſon génie vigoureux y faiſoit triompher la terreur. Rognard illuſtroit encore le Comique où il avoit fait quelquefois oublier Moliere. Dancourt y portoit tous les jours une légéreté particuliere qui lui en feroit partager les Palmes , s'il avoit ſçu que les théâtres élevés contre les vices n'en doivent jamais être l'école.

L'Académie des Sciences continuòit d'éclairer l'Europe , & recevoit alors dans ſon ſein quelques - uns de ces hommes qui font encore ſa gloire. Le Pere Sebaſtien montroit dans les Méchaniques cet eſprit inventif qui nous a donné des machines ſi utiles , & qui fourniſſoit à nos Peres , des ſpectacles ſi ſurprenans.

L'Allemagne poſſédoit un prodige , le grand Leibnitz qui allioit les graces des Lettres , une vaſte érudition , & une profonde connoiſſance de preſque toutes les Sciences. L'Académie de Berlin , ſi fameuſe aujourd'hui , commençoit dans le même tems à attirer

R iv

les regards. Pierre le Grand ouvroit
aux Arts un champ nouveau, au milieu
des glaces du Nord : Pierre dont l'œil,
du centre de la nuit où il étoit né, ap-
percevoit la lumiere ; lui dont le génie
femoit, au fort des difgraces, les palmes qui devoient un jour le couron-
ner ; lui que toute la terre vit defcendre de fon trône, s'arracher à fa Patrie, aller par mille travaux, quelquefois fous le plus vil appareil, chercher
les Sciences & les Arts, les mener avec
lui dans fa Patrie, & far leurs pas,
la raifon, la politeffe & le courage ;
lui qui, par leur fecours, d'une nation immenfe, méprifée & barbare,
fit, dans un feul regne, un des Peuples les plus éclairés de l'Europe, &
les plus rédoutables du monde. La
gloire de la Ruffie fera l'éternel monument du génie de Pierre, & l'in-
vincible Apologie de la puiffance bien-
faifante des Arts.

Ils triomphoient en Angleterre.
Cette Isle poffédoit à la fois Clarke
qui montroit à fa nation des vérités
refpectables , avec tant de force ;
Svvift, qui fe mocquoit des préjugés
de fes compatriotes , avec tant d'agrément ; Congreve qui en peignoit les
ridicules avec tant de fineffe ; Adiffon
qui fait voir tant de jugement , tant
de goût , tant de fçavoir , qui n'eft
pas au rang des Génies , mais qui les
imite fi bien ; enfin Pope , ce Philofophe, ce Poëte , le Chantre brillant de
la boucle de cheveux , le fublime Tra-
ducteur d'Homere , l'Auteur de l'Effai
fur l'homme , cet Effai chef-d'œuvre
immortel, où une Poëfie forte & douce
orne continuellement une morale profonde & pratique.

Les Arts , en perdant Louis XIV.
ne firent que changer de Protecteur.
Un Prince humain , éclairé , généreux,
fi calomnié , fi refpectable , qui unif-

ſoit tous les talens à tant de vertus ; un tel Prince ne pouvoit que les aimer, & en inſpirer le goût à ſon auguſte Pupille. Un Monarque héritier des vertus, & de la gloire de ſon Bis-ayeul, dût néceſſairement ſuccéder à ſon amour pour eux.

DIX-HUITIE'ME AGE.

LOUIS XV. FREDERIC.

IL eſt difficile de prononcer ſur ſes Contemporains. On les voit de trop près. On eſt trop lié avec eux. On a des intérêts trop compliqués , même avec ceux que l'on connoît le moins. Il ſe gliſſe mille relations imperceptibles , légéres , qui ne laiſſent pas d'influer ſur les ſuffrages. Malgré les piécautions qu'on prend pour ne ſuivre que ſon goût , on a toujours à craindre d'être le jouet d'une paſſion qui ſe déguiſe.

Ce n'eſt pas ſeulement pour , ou contre les particuliers qu'agit cette illuſion. Le ſiécle même en général n'en eſt pas exempt. Preſque toujours, ou l'on ſe préoccupe en ſa faveur , ou l'on se prévient contre sa gloire. Il y a des hommes qui prennent en haine tous les morts : ils ne veulent admirer que les vivans. Le siécle qui a le bonheur de les posséder , est le seul merveilleux. Ils ne peuvent pas se persuader que l'on ait pensé dans un siécle où ils n'ont point existé.

D'autres, au contraire, en veulent toujours aux vivans. Il n'y a que le tombeau qui leur arrache des éloges. Parle-t-on d'un grand homme de notre âge ? Ils vont aussitôt évoquer un ancien , pour en faire un parallele désavantageux. Leur humeur chagrine ne leur permet pas de concevoir qu'on ait du mérite dans le siécle où ils respirent.

Ces outrés Panégyristes sont quelquefois des citoyens excellens que l'attachement à leurs Contemporains aveugle en leur faveur, mais ordinairement ce sont des esprits bornés qui ne sçavent eftimer un ouvrage, que quand ils y voyent le ton de leur âge ; (car chaque âge a le fien) qui n'ont pas la force de dépouiller le charme du vernis arbitraire, afin de juger des beautés réelles : ou bien, ce font des efprits éminens, qui, non contens du triomphe préfent que le génie leur donne fur leurs Contemporains, voudroient, comme ces Conquérans infatiables, avoir l'empire de tous les fiécles. Ils feroient bien aifes de donner le Scepte au leur, parce qu'ils fe flattent qu'ils le tiendroient. Ce n'eft point l'amour des autres qui leur dicte ces Panégyriques outrés ; ce n'eft que l'amour d'eux-mêmes.

.Ces rigides Cenfeurs font ou des Sçavans refpectables, mais naturalifés dans tous les fiécles & étrangers dans le leur, qui fe font fait une habitude de connoître tous les Auteurs, excepté les préfens : ou bien, ce font des hommes médiocres fâchés de ne pouvoir atteindre à la gloire de leur rivaux : ils cherchent au moins la trifte confolation d'en diminuer l'éclat , en leur oppofant des Perfonnages vénérables qui , graces à la Parque , ont le funefte bonheur d'être fouftraits à leur envie. Ce ne font point les morts qu'ils aiment , dit l'Ecrivain le plus délicat du regne d'Augufte ; ce font les vivans qu'ils haïffent.

On a trop de droiture , pour donner dans cette indigne jaloufie. On a trop peu de talens , pour être foupçonné d'un aveugle amour-propre. L'amour fincere pour tout·mérite contemporain eft le feul écueil qu'on auroit à craindre.

Si le monde poffédoit aujourd'hui un homme qui forti d'une longue fuite de Souverains , & héritier d'un puiffant Royaume , eut eû le courage, dans l'âge des plaifirs, de préférer à la molle

oifiveté des cours, l'utilité de s'inftruire, & le mérite de s'éclairer : fi ce
Prince monté fur le trône de fes Peres,
dans les tems les plus orageux de l'Europe, eut fçû faifir le point décifif des
intérêts, & fe rendre par fon habileté
l'arbitre du fuccès entre deux redoutables Puiffances : fi ce Monarque balan-
çant à propos, fe déclarant de même,
foutenu de droits inconteftables, mar-
chant avec rapidité contre fes ennemis, eut dans trois campagnes, à la
tête de fes Troupes, gagné trois grandes Batailles, pris des Villes également
ment fortes par la Nature & par l'Art,
& fait la conquête d'une vafte &
riche Province : fi ce Conquérant,
après l'avoir foumife par fon courage,
avoit eu l'adreffe de fe la faire céder
par un traité folemnel, de forte qu'é-
tant celui qui eut fait la guerre le
moins de tems, il fut cependant le
feul qui en eut tiré des avantages foli-

des : fi ce Héros ne fe fut fervi du calme de la paix , que pour réformer les abus de la juftice , & dicter lui-même des loix pleines de fageffe , pour relever le commerce , exciter l'induftrie, animer les Arts, appeller les Talens de toutes les parties de l'U-nivers & les affocier à fa gloire : fi ce Génie , au milieu de tant d'occupa-tions , eut lui-même tracé des ouvra-ges , où le Philofophe le plus profond s'embellit fans ceffe de toutes les gra-ces de l'homme de Lettres : les Lettres compteroient - elles beaucoup d'âges qui puffent difputer au nôtre l'hon-neur d'un fi augufte appui ?

Graces à nos Artiftes, le fiécle n'eft point indigne de fon Protecteur. Nous n'avons pas , à la vérité , ce grand nombre de talens qui éclaterent dans le fiécle paffé ; mais nous avons en-core des grands Hommes ; nous avons encore des génies. Il eft même des genres fublimes qui ont été pouffés plus loin, ou qui ont acquis un mérite nouveau. Et quand jamais la Morale, cette Science fi chére à la fage antiquité ; fi précieufe à nos intérêts, qui éleve le l'efprit, & le raffure contre les erreurs, qui forme le cœur & l'affermit contre les difgraces; qui enfeigne des vertus utiles ou des devoirs néceffaires ; quand, dis-je, cette Science divine a-t-elle été développée avec plus de vérité, & plus de charmes ? Un efprit philofophique s'eft répandu fur les Lettres. On fent tout le prix de l'étude de l'homme. On s'y applique avec plus d'ardeur, on la cultive avec plus de fuccès. Sans parler de tant d'ouvrages eftimables, où la vertu brille de toutes les couleurs dont on avoit coutume de parer le vice ; notre âge a produit ces Lettres fi légéres & fi profondes, qu'on lit pour s'amufer ; qu'on médite pour s'inftruire, ces Lettres où le précepte fe cache fous l'agré-

S

ment, où la raifon éclaire à côté de la volupté, où la plus fublime Philofophie fe mêle fans ceffe au plus délicat badinage. Nous venons de voir éclore ce Livre qui a déja tout le mérite de l'antiquité, ce livre ou la force, les graces & la plus vafte érudition (leur rare compagne) confpirent à chaque ligne, en faveur de l'humanité.

On n'eft point aveugle ici pour ceux que l'on admire. Il y a des défauts dans *l'Efprit des Loix.* Le plan (le plus beau qu'on ait jamais conçu) n'eft point rempli. Peut-être même fon exécution eft-elle fupérieure à l'Auteur : En ce cas elle eft au-deffus des forces mortelles. D'ailleurs on peut defirer plus d'ordre dans les matieres, & l'on trouve beaucoup de morceaux manifeftement hétérogenes. Mais qu'on examine cet ouvrage en détail : qu'on life avec attention, l'expofition des refforts qui font jouer les gouvernemens di-

vers, le Chapitre où l'on trace les devoirs des Monarques, l'article des tributs, & la Théorie du gouvernement d'Angleterre ; qu'on y ajoûte les
Lettres de Rica fur la Bibliotheque,
toutes les Lettres Philofophiques d'Ufbek, la differtation de ce Perfan fur
la dépopulation de l'Univers, & fur
tout fon Hiftoire fi touchante des heureux Troglodites ... Non, le fiécle de
Louis XIV. n'a rien qui foit en même
tems fi fort & fi gracieux. Oui, l'Auteur
de ces morceaux fera le génie que la
fage Pofterité envira le plus à notre âge.

Qu'y a-t-il après la Morale de plus
refpectable que les Mathématiques; cette Science la baze de tant d'autres, la
feule peut-être où l'évidence triomphe
fans nuage ? Qu'y a-t-il de plus digne
de l'infatiable curiofité qui fait une
partie de notre être, que la confidération de cet Univers, des mouvemens
qui l'ont produit, des caufes qui le con-

fervent, & des parties merveilleufes qui compofent cette machine illimitée.

Ofons le dire; ces Sciences font plus connues que jamais. L'Europe renferme dans fon fein trois célébres Academies dont chacune a des membres du premier ordre. Le Calcul a acquis de nouveaux dégrés. On a été chercher de nouveaux rapports dans le fein de l'infini. Les Méchaniques ont été perfectionnées, & l'Art des machines pouffé jufqu'au prodige. La Terre a été décrite avec plus de juftefle : Les Méridiens ont été affignés avec plus de précifion, la figure du Globe a été fixée ; & un monument élevé au milieu des neiges voifines du Pôle, indiquera à la poftérité les travaux de notre âge. Une Chaire nouvelle a été érigée pour la Phyfique expérimentale : de nouveaux Phénoménes ont été découverts : L'Optique a fait des acquifitions récentes : l'Electricité a été connue, & fes im-

portans effets recherchés avec foin. La
Philofophie a dépouillé fes préjugés
jufques dans les lieux où ils fembloient
indeftructibles : la Nature a trouvé un
pieux Panégyrifte & un Hiftorien élo-
quent : tous les Arts, des mains fçavantes ; & une main habile qui raffem-
blant leurs divers matériaux , en a formé un édifice élégant & utile.

Plut à Dieu que l'Hiftoire générale
de l'antiquité , eut été exécutée avec
autant de fuccès qu'elle a été tentée
avec zéle ! Mais fi cette partie fi précieufe, fi utile des Annales du monde ,
n'a trouvé qu'un Compilateur fans difcernement , & qu'un Déclamateur fans
goût ; nous avons du moins des piéces
de détail dans l'antique & dans le moderne , qui nous ont confolés. Les
principes de la Grandeur Romaine ont
été dévoilés avec vérité, & fes révolutions expofées avec feu. Des princeaux
rivaux de ceux de Boffuet , ont tracé

dans un abrégé jufte & rapide, les Héros
de la Patrie. La valeur des Guerriers
qui font la terreur de l'Orient, a trouvé un Ecrivain digne de fes prodiges.
Le grand Julien a prefque été vengé
dans un tableau judicieux. Le dernier
Conquérant qui ravagea le Nord, a
été peint fous le regne de Louis XV.
avec autant de vivacité que le fut autrefois fous l'Empire de Cefar, le cruel
Sénateur qui tenta d'embrâfer Rome
au milieu de fes triomphes.

Qui ne fçait jufqu'où les Romans
avoient été avilis ? Des fujets bizarres,
des incidens fans vraifemblance, des
caracteres outrés, des réflexions fauffes, une éternelle monotonie d'une
fade tendreffe, ou d'une puérile galanterie ! Tant de foibleffes avoient fait
naître un préjugé légitime contre l'a-
grément, ou même contre l'innocence
de cette partie de la Littérature. C'eft
de nos jours qu'on a fenti l'abus, &

qu'on l'a réformé. Ce font nos Ecrivains modernes qui l'ont réduit à être l'image de la Nature , & l'école de la vertu. Ce font eux qui en ont formé un genre qui l'emporte fur beaucoup d'autres pour l'agrément , & qui peut ne le céder à aucun pour l'utilité.

Il ne faut pas confondre la Poëfie , & la verfification.

La Poëfie eft une expreffion de nos penfées , plus hardie , plus fenfible , foutenue de plus d'images , & de tours plus vifs. Elle eft à l'expreffion familiere ce que la Danfe eft à la fimple démarche , ce que la Mufique eft au fon ordinaire de la voix. Qu'on examine un homme agité de quelque mouvement tumultueux de l'ame , du plaifir , de la douleur , de l'admiration ou de la colere. Ses idées font plus rapides. Elles fe peignent avec des couleurs plus marquées. Il cherche des fecours dans tous les objets qui frappent fes fens , pour

montrer aux autres fes fentimens par
des fignes plus prompts & plus forts.
Ces indices font foibles dans le monde
poli, où la contrainte de ce qu'on appelle éducation, étouffe ces premiers
tranfports, & forme à la longue les
hommes d'un certain rang, à une efpéce de monotonie perpétuelle. Mais
on les voit extrémement marqués dans
un homme du Peuple, & plus encore
dans un fauvage, où l'inftinct de la
Nature, qui n'a point été alteré, paroît dans toute fa force, & fait éclater
tous fes fimptômes. Ce font ces fimptômes qu'imite la Poëfie : c'eft cette
vivacité d'idées qu'elle copie. Elle eft
le langage de l'ame animée par les paffions ; comme la Profe eft celui de
l'ame réflechiffante avec tranquillité.
Elle eft donc auffi naturelle que la
Profe même. Auffi n'y a-t-il aucun
Peuple chez qui l'on n'en trouve quelque efpéce ; & l'on a vû dans cet effai
que

que la naiſſance & le renouvellement des Arts, ont preſque toujours commencé par elle.

La verſification eſt un tour particulier qu'une Nation convient d'ajoûter à la Poëſie. Cet embelliſſement eſt arbitraire, & varie chez preſque tous les Peuples. Peut-être même, ce que l'habitude nous fait regarder comme une harmonie qui nous enchante, eſt-il une diſſonance pour les oreilles d'un étranger. Cependant l'uſage des meſures inégales dans les ſyllabes, ſemble plus naturellement flatteur, que le retour des mêmes ſons que nous avons adopté.

Nos Peres furent peut-être plus exacts pour la régularité des rimes. On peut ſans regret leur en céder l'honneur. On a encore trop de ſcrupule ſur les loix qu'il leur a plû de nous impoſer. Peut-être ſeroit-il avantageux de ſecouer tout à fait un joug qui tient ſi ſouvent la raiſon captive.

T

La gloire de la Poëfie eft tout autrement précieufe. Voyons fi nous n'au-
rions pas quelque droit de la leur
difputer.

Le Poëme Epique tient le premier
rang dans la Poëfie ; ou plutôt il en
renferme prefque toutes les parties,
& demande encore plufieurs autres
genres. Il doit avoir l'action & la varieté du Roman , l'unité & le pathétique de la Tragédie , les graces de
l'Idile , la force de l'Ode , l'utilité de
la Morale , le feu & la majefté de
l'Eloquence , & avec tout cela, un fublime & une harmonie qui lui font
particuliers. C'eft le tableau d'un événement confidérable , révêtu de tout
ce qui peut flatter l'imagination , &
exciter le fentiment : c'eft proprement
le triomphe de l'un & de l'autre.

Pour attacher davantage à ce tout ,
il faut prendre un fujet réel ; pour lui
donner plus de grandeur , il faut choi-

fir un fujet révéré : pour porter en fa faveur l'intérêt à fon comble , il en faut chercher un qui rappelle au Peuple pour lequel on écrit , fon bonheur & fa gloire : enfin , pour y jetter plus de varieté , il faut recourir à la fiction.

Les Anciens , afin de donner un plus vafte champ à leur génie , ont été au-delà du vraifemblable. Les beautés qu'ils ont fait naître du fein de cette bizarrerie , ne permettent pas qu'on leur en faffe un crime. La Raifon s'arme vainement contre les Fables de l'Enéïde. Ses armes tombent , quand on lit le fixiéme Livre. On feroit bien fâché que ce chef-d'œuvre eut été la victime d'une auftére févérité. Si cependant on avoit l'art de trouver les mêmes agrémens , fans le fecours de cette ingénieufe folie qu'on appelle *machine* ; ce feroit affurément un mérite de plus qui éleveroit l'Artifte au-deffus de fes rivaux.

T ij

On a crû long-tems que la France n'auroit jamais la gloire du Poëme Epique. On se persuadoit que l'Idiôme n'étoit pas susceptible de la majesté de ce genre. Les ennemis de la nation alloient jusqu'à douter, si elle-même étoit capable de la force qu'il exige.

Quelques bizarres que fussent ces idées, une partie de nos Ecrivains les avoient adoptées. Des Auteurs célébres avoient abandonné l'espoir de ce triomphe ; & les efforts malheureux de ceux qui l'avoient tenté, n'avoient que trop confirmé ces soupçons injurieux.

C'est à notre âge que la Patrie doit le mérite d'avoir fait évanouir une note si humiliante. C'est un Génie de nos jours qui a montré à l'Europe notre Langue élevée avec succès à l'Héroïsme. Il est vrai que, de ce côté-là, nous sommes encore au-dessous de nos rivaux ; que nous ne pouvons pas encore nous placer à côté de la sublime Angleterre, ou de la brillante Italie : mais ce n'est plus à la foiblesse imaginaire de notre Langue ou des esprits qui la cultivent, qu'on en peut imputer la disgrace ; ce n'est qu'à la nature même du sujet de la Henriade.

Le Poëte Epique doit éviter avec soin de travailler sur un sujet, ou trop moderne ou trop connu. C'est se donner des fers : c'est enchaîner son imagination dans le cercle étroit de l'Histoire : c'est lui ravir la liberté de se livrer à mille mensonges heureux, qu'il n'est pas possible d'employer dans une action dont tout le monde connoît les véritables ressorts. Le Poëte doit imiter un Machiniste adroit qui place ses Automates dans une distance assez grande pour que l'œil ne puisse pas appercevoir les contrepoids qui les font agir.

Le défaut de cette précaution fit au-

trefois entre les mains de Lucain , d'un
fujet admirable , un tableau fans vie.
Ce même défaut a gâté de nos jours la
refpectable Apothéofe du plus grand
de nos Rois. Et comment étoit-il poffible d'altérer par un plus grand nombre de fictions brillantes , un fujet fi
cher , fi connu , fi familier à la France ; dont elle lit toutes les particula-
rités , dont elle médite tous les jours
les plus légers détails ? N'accufons
donc du peu de variété dont nous
nous plaignons dans le Poëme de
Henri , que l'amour de l'Auteur pour
fa Patrie. C'eft cet amour qui l'a engagé à célébrer un Héros dont les Defcendans l'ont rendu fi triomphante &
fi heureufe , préférablement à d'autres
qui , plus ignorés & moins chers , auroient donné une toute autre carriere
à la féconde vivacité de fon imagination. Mais , fi ce malheur nous ravit
l'honneur de poffédcr un véritable Epi-

que , c'eſt toujours beaucoup que les morceaux ſublimes qu'il nous laiſſe , ayent détruit le préjugé injuſte qui ſembloit nous en interdire la vigueur & l'éclat.

Tout le monde ſçait juſqu'où Corneille & Racine porterent autrefois le Cothurne François ; Corneille , celui qui a jamais donné plus de grandeur à la Scène ; Racine , celui qui y a mis le plus d'Art. Cependant leurs ouvrages immortels laiſſent quelque choſe à deſirer.

Corneille , génie peut-être trop élevé , ſacrifie ſans ceſſe à ſon talent , le principal reſſort du théâtre. Il veut toujours étonner : il ne faut preſque jamais qu'émouvoir. Il a des Piéces qui ſont des Poëmes admirables , & qui ne ſont pas de bonnes Tragédies.

Racine qui ſemble plus naturellement fait pour la Scène , l'a ſouvent amolie. Ses ſujets ſont ordinairement

foibles. La plûpart ne font que de petites intrigues d'amour qui ont befoin
de toute fon adreffe pour attacher le
Spectateur.

L'un & l'autre n'ont pas toujours
connu le but de leur Art. Les théâtres
ne doivent être élevés que pour infpirer aux citoyens, par le charme d'une
fiction enchantereffe, tous les devoirs
qui font le bonheur de la Societé. Heureufe illufion qui donne les vertus en
ne paroiffant offrir que les plaifirs !

Le théâtre n'eft plus alors un fimple
divertiffement ; c'eft un objet précieux
à l'Etat : c'eft une école de mœurs, plus
infinuante, plus efficace que toutes les
autres. La vivacité du Dialogue, la
nobleffe du Sentiment, l'harmonie,
le jeu de l'Acteur, la pompe de la Re-
préfentation ; tout cela donne aux
exemples une force que cherchent en
vain l'Hiftoire & la Morale même.
Les fens frappés ou flattés, inculquent

l'image , & obligent l'ame à concevoir
le defir de l'imiter. Mais il faut que
l'Artifte foit Philofophe , & ne perde
jamais de vûe cette qualité. Il doit
n'être Poëte, que pour orner le Sage.

Les deux Artiftes qu'admira l'âge
précédent , n'offrent que rarement un
fi noble intérêt. L'un a des Héros qui
s'élevent & qu'on admire , mais qui
laiffent peu à imiter pour la plûpart des
Spectateurs : l'autre ne montre que des
Amans qui foupirent , & qui char-
ment ; mais qui n'infpirent qu'une paffion affez connue fans le fecours de
tant de graces , & fouvent dangéreufe
avec elles.

Pourquoi un faux refpect pour les cendres de nos Ayeux , ou une baffe envie
contre le mérite de nos illuftres contemporains , nous empêcheroient-ils d'en
faire l'aveu ? Des objets plus intéreffans
ont orné la Scène ; des devoirs plus
relatif ont été tracés à nos yeux ; des

vertus plus folides ont été propofées à notre imitation. Nous avons vû des Héros qui ont allié la délicateffe de l'amour à la majefté de leur rang ; des vieillards qui ont affocié le zéle de la Religion à l'humanité pour fes ennemis ; des filles dévouées aux volontés des Auteurs de leurs jours dans les plus rigoureux facrifices ; des filles qui ont mêlé toute l'horreur des forfaits à tout le refpect pour des meres criminelles. Nous avons vû des Epoufes fidéles à des époux barbares, des freres généreux pour des freres cruels ; des meres tendres, des amis invariables , des hommes fermes dans les plus affreufes difgraces.

Des Scènes plus touchantes nous ont arraché plus de larmes. Des maximes plus vraies ont infpiré l'humanité. Une harmonie plus douce a charmé nos oreilles.

N'envions rien à nos Ayeux. Leur Tragique a plus de fublime & plus d'art : le nôtre a plus de Pathétique, & plus d'utilité.

Il n'eſt point honteux de céder la palme du Comique à Moliere : c'eſt un ſort commun à tous les âges. Lui ſeul a ſçu réünir la prodigieuſe varieté des ſujets, l'exacte vérité dans les caracte-res, & le plus aimable enjoûment dans les plaiſanteries. On peut valoir infini-ment, & cependant être inférieur à un tel Maître. C'eſt beaucoup que d'avoir produit deux ou trois Piéces en grand, dont il ſe ſeroit fait honneur : & com-bien de petites Piéces fines, légéres, riantes auſquelles il eut applaudi ? Nous avons même l'avantage d'un gé-nie qui lui a été inconnu ; ce genre qui unit la noble douleur de la Tragé-die, a l'aimable ſimplicité du Comi-que : ce genre dont le mérite n'eſt plus douteux depuis que les malheurs de Cénie nous ont arraché de ſi douces larmes.

Notre Théâtre Lyrique ne sera point tout-à-fait ignoré de nos neveux. Ils connoîtront nos Poësies détachées. Ils liront des Epîtres nature'les & délicates : ils s'embelliront des graces de l'immortelle Chartreuse.

Félicitons-nous de manquer de la Satyre. Nous avons à la place de cet Art odieux, une Critique éclairée & polie, qui, inéxorable pour les fautes des Ecrits les plus respectables, se fait une loi inviolable de se taire sur les foiblesses du plus méprisable Ecrivain.

On est ingrat pour les Traducteurs. Content de leur accorder le foible éloge de la patience, il semble qu'on veut leur ravir tout autre mérite. On se trompe. Il est peu de parties de la Littérature qui demandent plus de talens : il faut tous ceux (à l'invention près) qui auroient été nécessaires pour créer le Modéle. Autrement la Copie ne sera qu'une foible esquisse, qui aura em-

prunté toute la grofliereté de fon nouvel ouvrier. La rareté du fuccès montre la difficulté de l'entreprife. Des
milliers de plumes ont eu la louable
manie de naturalifer parmi nous les
grands Ecrivains de la Gréce & de
l'Italie. Prefques toutes ont donné des
fquelettes décharnés, ou des corps re-
vêtus d'un embonpoint abfolument
étranger. Tant il eft difficile d'attraper
le point jufte, qui eft d'être fcrupuleu-
fement littéral, & cependant élégant.
Nous pouvons compter quelques Traducteurs de nos jours, qui ont fçu le
faifir. Ciceron s'eft entretenu avec fes
amis dans notre Langue, & n'a rien
perdu de fon ingénieufe fimplicité.
Tacite va bientôt dans notre Idiome,
peindre avec toute fa force les crimes
des Tirans & les mœurs des Barbares.
Si Horace, la Lyre en main, n'a pu
encore recouvrer fes graces, il lance
au moins fes traits avec vivacité ; &

fes préceptes ont confervé une partie de leurs agrémens. Les Bergers de Virgile, fi aimables fous les peupliers du Mincio, le font encore fous les ormes de la Seine. Il inftruit les Laboureurs de nos champs, avec énergie ; & fes Héros commencent à fe montrer dans nos Villes avec majefté. Milton ne méconnoîtroit point dans nos Eftampes, fa chaleur & fes images. Pope a trouvé à la fois un Poëte élégant qui lui a prêté des graces, & un Profateur mâle & rapide qui lui a confervé toute fa force.

Il éft mortifiant d'en venir à la Peinture. Le fiécle n'eft cependant point dépourvû d'excellens pinceaux. C'eft dommage qu'ils s'effayent rarement fur des fujets d'imagination ou d'hiftoire ; que contens d'exprimer la reffemblance des traits, ou la délicateffe d'une draperie, ils négligent les contraftes des Perfonnages, & les nuances des paffions qui font l'ame de leur Art. Il paroît que nous fommes plus heureux pour la Sculpture. Au moins le Mercure & la Vénus qui attirerent, il y a quelque tems, avec les regards des curieux, les applaudiffemens des connoiffeurs, femblent nous donner les plus juftes efpérances.

L'emploi d'un terrein ingrat, l'art d'y menager une fituation riante, une difpofition agréable dans l'édifice ; une diftribution adroite dans les appartemens ; fi ce ne font pas les talens les plus brillans de l'Architecture, ce font au moins les plus intéreffans pour nos befoins & pour nos plaifirs. Ils triomphent dans notre âge. Paris offre à chaque pas des maifons charmantes, où ils fe trouvent réünis ; & les campagnes dont les heureux de cette opulente Capitale ont embelli fes environs, les préfentent par tout à l'admiration des Etrangers. Le goût n'eft pas même borné à ces détails ; & le Portail d'une Eglife moderne, prouvera, malgré fes défauts, quand il fera démafqué & fini, que nous avons encore des Vitruves dont les idées font élevées, & les deffeins tournés au grand.

Eft-il un Art plus aimable que la Mufique ? En eft-il un qui regne plus puiffamment & plus agréablement fur nos ames ? Elle éleve, elle anime, elle effraye, elle touche, elle attrifte, elle égaye ; elle agite avec violence, elle émeut avec douceur : Arbitre de nos paffions, fource perpétuelle de nos innocens plaifirs. Les Anciens peignoient la beauté accompagnée de trois Graces. Sans doute, l'une fourioit, l'autre danfoit ; & la plus aimable de toutes mèloit les fons d'un Luth flatteur à une voix brillante. Socrate même céderoit à Venus, quand elle unit les accens d'Erato aux accords enchanteurs d'Euterpe.

Mais

Mais cet Art a paru long-tems reftreint à l'Italie. L'Europe l'a reçu d'elle, & n'a rien changé à fes loix. La France voulut s'en former un particulier. Elle s'égara ; & une bizarrerie groffiere tint long-tems la place de la véritable mélodie. Lulli vint enfin de Florence , & changea tout. Perfuadé que notre Langue n'étoit point fufceptible de la Mufique Italienne , il en forma une d'une nouvelle efpéce qui, au lieu d'être un affemblage de fons vifs & variés , n'eft qu'une expreffion plus animée & plus marquée que la déclamation ordinaire. Son génie porté à la tendreffe , fut fecondé par un Poëte qui fembloit fait pour lui. Il peignit dans fes fons tout ce que l'autre exprimoit dans fes Vers. Il excella dans cette partie. Malheureux qui ne fentiroit pas le plaifir de fe laiffer attendrir par les tranfports d'Armide , ou par les adieux de Renaud ! Mais

V

Lulli fut borné à ce genre. Jusques-là
même une certaine langueur accom-
pagne quelquefois ses sons ; & la répé-
tition fréquente en diminue le prix.
D'ailleurs Lulli connut rarement l'Art
des Accords ; & jamais il n'eut celui de
la Simphonie. Les disciples de ce grand
Homme , imitateurs de ses beautés ,
l'avoient été de ses défauts ; & ces défauts généralement reçus avoient fait
naître de justes reproches contre notre
Musique. Ils font enfin évanouis. Nous
avons vû éclore un Lyrique d'un nouveau genre , où l'on a sçu former un
mêlange heureux des Musiques rivales ,
où retenant la douceur ne notre réci-
tatif, on a emprunté de l'Italie , la variété de la Mélodie , la diversité des
Accords,& les charmes de la Simphonie.

On dit qu'il est des hommes insensi-
bles aux accens de nos Lyres modernes. Si la chose est possible , qu'ils
font à plaindre d'être privés du plaisir

d'admirer l'Orphée de nos jours! Lui
qui laiffe en dout , s'il connoît mieux
la théorie de fon Art , ou s'il l'exécute avec plus de charmes ; lui qui
donne à fes rivaux de fi utiles leçons,
& à tous fes compatriotes de fi tendres
plaifirs.

Oui , les Arts regnent encore parmi
nous. De nouveaux talens nous donnent même l'efpoir d'en voir perpétuer
l'Empire. Qu'ils fe forment par l'étude
affidue des grands Hommes qui les
ont précédés : qu'ils s'éclairent par les
confeils de ceux qui honorent nos
jours : qu'ils s'animent à la vue de
la gloire dont les comblent leurs auguftes Protecteurs : qu'ils ne fe décou-
ragent point par les injuftes mépris des
hommes barbares qui les dédaignent
encore. S'il eft vrai que la raifon eft le
plus bel appanage de l'humanité , qui-
conque n'éleve pas le mérite de la cultiver au – deffus des diftinctions arbi-

traires, eſt-il digne qu'on regrette ſon ſuffrage ?

Que de vénérables Philoſophes nous tracent nos devoirs dans des préceptes ſolides : qu'ils les rendent ſenſibles par des images familieres & nobles : qu'ils ne négligent point de leur prêter le ſecours des ornemens. La vertu eſt une beauté étrangere qui, pour plaire, a beſoin d'être habillée à la mode du Pays. Qu'ils révélent auſſi quelquefois leurs ſublimes ſpéculations ; mais qu'ils les révélent avec prudence. Il eſt bon de laiſſer à la vérité une partie du voile qui la couvre.

Que de ſages obſervateurs de la Nature portent une vue patiente ſur ſes pas : que leur œil attentif la ſuive dans ſes replis : que le travail ne les rebute pas : que la longueur des recherches ne les décourage pas : que les plus petites découvertes leur ſoient chéres. Les moins intéreſſantes le ſont beau-

coup. On tire dans les mines de Gol-
conde, mille graviers inutiles, avant
que d'arriver à la pierre précieufe.
Mais, qu'ils ne rallentiſſent jamais leur
vigilance ; qu'ils ne prennent jamais
l'apparence pour le fait. Utiles ou-
vriers, ils fourniſſent les matériaux.
Si l'Erreur les a choifis, l'homme de
génie peut-il en former autre chofe
que le Temple brillant du Menfonge?

Que de pieux Spectateurs de la Nature préfentent la puiſſance de l'Etre
fuprême dans la magnificence de cet
Univers. Qu'ils rappellent fa Providence dans l'ordre de fes ouvrages.
Qu'ils retracent fes bienfaits dans les
merveilles qui nous confervent. Mais
que leur zéle n'employe que des motifs nobles & dignes de l'objet. Qu'ils
laiſſent de petites convenances fouvent auſſi mal imaginées que peu réelles. Qu'ils fe permettent encore moins
de vaines obfervations qui plaufibles

dans nos climats, se démentent dans
d'autres. La Providence a des fondemens si solides & si augustes ! C'est
l'avilir, que de l'appuyer par des raisons foibles : c'est la détruire, que de
l'étayer par des raisons fausses.

Que d'éloquens Historiens de la Nature développent les Phénoménes de
cette mere commune. Que leur génie
mâle lui arrache ses secrets favoris.
Que leur voix hardie les indique avec
une généreuse audace. Que leur pinceau les rende avec un noble coloris.
Mais que l'amour du singulier ne les
emporte point au-delà du vraisembla-
ble. Que leur vive imagination ne les
livre point à l'enthousiasme des systêmes ; encore moins, de systêmes im-
probables. De tels systématiques sont
toujours soupçonnés d'altérer, même
sans s'en appercevoir, la vérité des
faits, pour les ramener à leurs opinions favorites. Il faut aussi qu'ils ne

fe contentent pas dans leurs obfervations & dans leurs fujets , du cercle
d'une étroite fphére. L'affemblage de
quelques idées hardies , & d'un petit
nombre de découvertes, peut être un
Effai brillant fur la Nature ; mais n'en
fera jamais une véritable Hiftoire.

Que des plumes fidéles nous rappellent les tems. Qu'elles raviffent les
grands Hommes à l'oubli du tombeau.
Qu'elles s'arrêtent plus fur les fages
que fur les braves. Un Lecteur judicieux eft plus content d'un trait de
prudence , que de mille traits d'une
aveugle valeur. Les combats , les fiéges , fpectacles uniformes qui défho-
rent l'humanité , n'infpirent fouvent
qu'une ennuyeufe horreur. Une action où le génie éclate, plaît & inftruit
toujours. Mais fi l'Hiftorien veut être
immortel , qu'il foit fans ceffe guidé
par le jugement , & par l'opiniâtre travail. L'imagination ne doit être ici

qu'une esclave timide qui se montre rarement. Ces réflexions recherchées & fréquentes, ces portraits, ces paralleles brillans, où l'auguste Vérité devient si souvent la victime d'une foible anti-thése ; tous ces clinquans n'éblouissent quelques momens, que pour plonger bientôt tout l'ouvrage dans une éter-nelle obscurité ; comme ces feux que notre art éléve dans les airs qui, après avoir tracé un sillon de lumiere, re-tombent incessamment, & se dissipent dans une fumée importune.

Que de sages Euripides fassent revi-vre sur nos théâtres les Héros qui ont illustré le théâtre du monde. Qu'ils nous en retracent les grands exemples dans d'heureux mensonges. Qu'ils s'at-tachent aux exemples qui peuvent con-tribuer au bonheur de la Société. Quel plaisir pour eux, de pouvoir s'assurer qu'ils ont rendu leurs compatriotes plus justes & plus humains ! Qu'un Poëte

Poëte eft refpectable, quand une partie de fes concitoyens peut dire, en le voyant : je dois à cet homme une vertu de plus. C'eft lui qui m'a infpiré l'action de clémence que j'ai faite ce matin : il me l'a infpirée, en me procurant les plaifirs les plus dignes d'un être raifonnable.

Qu'ils ne perdent jamais de vue la différence du Roman, & de la Tragédie. Le but du Roman eft d'attacher l'imagination par une aimable variété d'incidens. L'effence de la Tragédie eft d'émouvoir le cœur par le tableau animé des paffions. C'eft du fein de ces paffions, & du fond des caracteres tracés, qu'elle doit tirer la diverfité de fes Actes, & la chaleur de fes Scènes. Une fimplicité vive, forte & féconde, eft l'unique fceau du génie. Cette multitude bizarre d'événemens fans vraifemblance, fi vantés fous le nom de coups de Théâtres, dont on

X

les charge tous les jours, ne part que
de la froideur de l'ame ; &, mafque
de l'abondance, couvre une réelle fté-
rilité.

Qu'ils n'aillent point déterrer des
Héros obfcurs, reffufciter des hommes
indifférens à l'Univers, ou même des
Perfonnages qui lui font entierement
inconnus. Les grands Princes qui ont
éclaté fur la Scène du monde, font
feuls dignes de fournir des fujets à
Melpoméne ; feuls dignes de fortir de
leurs tombeaux, pour nous toucher,
ou nous inftruire.

Mais, que rien ne faffe immoler
a vérité des caracteres : qu'on ne les
rende jamais qu'avec les traits que
fournit l'Hiftoire. Que Ciceron ne foit
point un Conful timide, effrayé de
l'orage, abandonnant à la fureur des
flots le gouvernail qui lui eft confié ;
mais un Pilote intrépide & prudent,
qui conjure la tempête par fon cou-

rage , & fauve le vaiffeau par la fageffe de fes manœuvres. Que la vertu
de Caton ne foit point la vertu féroce
d'un efprit limité , mais cette vertu
ferme & éclairée d'un génie fupérieur,
dont tous les faftes nous font garands.
Qu'on ne repréfente point Augufte ,
ce généreux Protecteur des Lettres ,
comme un Tiran foible & cruel ; mais
qu'en avouant les crimes de fa Politique , on rende juftice à cette habileté
fuprême qui lui foumît le monde , &
à cette divine clémence qui y ramena
la félicité de l'âge d'or.

Que d'aimables Ménandres corrigent nos ridicules , en mêlant le vrai
& le fin au riant. Qu'ils confpirent
fur tout contre les ridicules qui ont
quelque liaifon avec les vices : voilà
ceux dont la Société a intérêt de fe
défaire. Qu'ils s'attachent à former
des caracteres fuivis. Que leurs Perfonnages fe peignent eux-mêmes , &

malgré eux - mêmes , dans leurs difcours & dans leurs actions. J'aime
bien mieux fuivre le Tartuffe dans fes
démarches , & le voir fe démafquer
peu à peu, que , fi l'on m'en faifoit
d'avance un brillant tableau qui laif-
feroit vuide le refte de la Piéce. Que
les intrigues foient fimples & vrai-
femblables. Qu'on n'abandonne jamais
le modefte éclat de la nature : il eft le
fceau de l'immortalité. Mais qu'on ref-
pecte les oreilles , & qu'on banniffe
la licence. Une équivoque , quelque
bonne qu'elle foit , eft toujours mauvaife. Il vaut mieux déplaire , que de
plaire fans fe faire eftimer.

Que d'utiles Ariftarques prennent le
flambeau de la Critique : qu'ils ne le
prennent qu'après l'avoir allumé au
foyer de la plûpart des Sciences , qu'a-
près s'être long-tems exercé dans l'art
d'en diftribuer les lumieres. Que du
moins ils fachent fe taire fur les écrits

qu'ils ne fçavent point entendre. L'i-
gnorance eft comme la pauvreté : on la
fouffre, quand elle eft humble ; elle révolte, quand elle fe montre avec orgueil. Qu'ils ne fe contentent point
d'indiquer les défauts : il faut auffi relever les beautés. Un cenfeur public ne
punit pas toujours : il récompenfe auffi
quelquefois. Sur tout qu'une aveugle
haine ne lance jamais leurs traits ; &
qu'une baffe complaifance n'allume
jamais leur encens. Quand on s'eft
montré partial une feule fois, on eft
fufpect de l'être toujours.

Que d'ingénieux Corrèges annoblif-
fent leurs pinceaux. Qu'ils ornent
l'Hiftoire des emblêmes de l'imagination. Qu'ils rappellent à la nation des
fujets chers à fon amour. Qu'ils crayon-
nent au fein d'un Palais magnifique,
un Monarque puiffant & heureux : à
côté de lui les plaifirs couronnés de
fleurs qui l'invitent à jouir de leurs

douceurs dans une flatteufe tranquillité : la France à fes génoux, éplorée,
jettant fur lui des regards d'amour,
qui le conjure de ne pas expofer une
tête d'où dépend fon bonheur : lui,
s'arrachant de leurs bras, pour fuivre
un Dieu terrible qui l'appelle à la fatigue, aux périls & à la mort.

Qu'ils deffinent des Villes entou-
rées des horreurs de Mars ; les foudres
de Bellone vomiffant le falpêtre meurtrier ; les airs remplis de fumée & de
flammes ; la terre jonchée de mourans
& de morts ; vingt mille combattans,
intrépides pour eux-mêmes tremblans
pour leur Maître, tous, les yeux atta-
chés fur lui feul ; lui feul tranquille,
de fang-froid, au milieu des affreux
dangers, donnant des ordres avec prudence, & des éloges avec juftice.

Ils expoferont enfuite un Peuple
immenfe, fortant en foule de fes por-
tes magnifiques, & fe précipitant au-

devant d'un Courier qui vole vers lui.
Dans tous les traits de ceux qui feront
aux derniers rangs , ils exprimeront
l'inquiétude, mais l'inquiétude la plus
vive , la plus vraie qui fut jamais. Ils
y mêleront la douleur qu'ils caractéri-
feront par les larmes. Ils ajouteront
cependant un rayon d'efpérance. Ils
augmenteront celle-ci à proportion que
les Perfonnages approcheront de l'objet de leur empreffement ; & fur le
vifage de ceux qui l'entoureront, ils
peindront la joie fubite du fils le plus
tendre qui apprendroit la nouvelle
d'un pere arraché à la mort.

Mais quel nouveau Raphaël tracera
un Héros fur le champ de bataille,
théâtre de fa victoire récente , détour-
nant les yeux de l'éclat de fon triomphe , & les portant baignés de fes gé-
néreufes pleurs, fur les Guerriers qui
en ont été les néceffaires victimes ; re-
pouffant l'Ambition qui , la robbe dé-

X iv

chirée , & les bras teints de fang , lui
offre de nouveaux lauriers ; & accep-
tant le paifible olivier que l'Humanité
lui préfente.

Sans doute ils pourront auffi le montrer , tendant aux Arts une main pro-
rectrice. Puifqu'il marche fur les pas
des grands Rois , il ne peut qu'imiter
l'amour qu'ils ont eu pour eux. Puifqu'il afpire à l'immortalité , il ne peut
que chérir le Génie qui en eft le Dé-
pofitaire.

Que le fage Miniftere à qui il confie
le rédoutable dépôt de l'autorité fuprême , feconde fes auguftes intentions.
Qu'il daigne fe faire un devoir d'animer tous les talens. Qu'il fe rappelle
que la plûpart font utiles à l'Etat , &
que tous font partie de fa gloire. Qu'il
leur accorde des honneurs & des diftinctions flatteufes. Enfans du Ciel , ils
ont la fierté de leur origine : ils languiffent dans l'opprobre : ils ne s'élevent

que par les refpects. Sur tout qu'on leur laiffe une innocente liberté : c'eft les étouffer, que de leur donner d'injuftes fers. Et qu'a-t-on à craindre ? Iront-ils troubler l'union de la Societé ? Amis de l'obfcurité, ils ne cherchent que la paix, ils ne vivent que par elle.

Que les Grands les aiment : qu'ils les protégent : qu'ils fe faffent honneur d'en devenir l'appui. Qu'ils adouciffent les rigueurs dont la fortune femble fe plaire à les accabler. Rivaux des Dieux les Talens naiffent fouvent dans les plus triftes difgraces des hommes. En vain, alors efpére-t-on l'éclat qui leur étoit deftiné. Et comment peindront-ils les traits du plaifir, tandis qu'ils gémiffent fous le poids de la peine ? Environnés d'objets cruels, traceront-ils des images riantes ? Riches, puiffans, faites-leur part de ce fuperflu employé fi fouvent à d'ennuyeufes frivolités. C'eft une pluye féconde qui fera fortir les plus aimables fleurs dont vous embellirez votre fortune.

Lorfque la Nature place dans les grades éminens, des difpofitions marquées ; qu'une faufle crainte de diminuer la majefté de fon rang, n'empêche point de les cultiver : c'eft y ajoûter un dégré de plus. L'élévation de l'efprit eft la premiere de toutes. Il faut laiffer aux ames foibles la bizarre vanité d'une grave ignorance. Dans toutes les générations, il y a eu des hommes révêtus de dignités fuprêmes. La plûpart confondus avec la foule des humains, ont péri dans la nuit du tombeau. Le petit nombre de ceux qui ont cultivé les Lettres, eft cher à notre amour, & jouit encore de nos hommages.

* Mais pourquoi faire ici l'Apologie des Arts, inutile dans ce fiécle ? Ils

---

* Ce Morceau, quoiqu'imprimé ailleurs, eft conftamment de l'Auteur de ces Confidérations.

font tombés, ces voiles injurieux dont la groffiereté des âges précédens avoit voulu couvrir leurs graces, ou même ces crimes imaginaires dont la fuperftition avoit tenté de flétrir leur innocence. Qui de nous ne fent point quels charmes ils répandent fur nos jours ? Combien ils font néceffaires à la médiocrité ; de quel éclat ils relevent la profpérité ? Soit que dans ces Etats, abjets en apparence, & vénérables en effet, ils nous donnent ces inventions précieufes qui fatisfont avec tant d'avantages les befoins de la vie, ou qui ajoûtent de fi doux agrémens à fes plaifirs : foit que chargés d'une inutile abondance, ils volent aux extrêmités de la Terre, & rapportent les brillantes richeffes des Indes, ou les utiles productions des Pôles : foit que fous un cifeau fin ils donnent la vie au marbre & la rendent aux héros ; ou que tenant un pinceau délicat, ils tracent

✻

ces grands mouvemens qui les agitoient : foit que fur les aîles du Génie , ils mefurent les vaftes globes
de cet immenfe Univers ; ou que ,
portant un œil hardi fur la Nature ,
ils en pénétrent les curieux fecrets :
foit que plus nobles encore , ils s'é-
levent jufqu'au fein de la Divinité ,
qu'ils en développent les fublimes attributs , & annoncent fes loix avec
majefté : ou qu'amis des hommes , ils
préfentent la Vertu fous l'habit des
Graces , & enchantent nos fens pour
éclairer notre ame.

La Fortune eft volage. Eh qui de
nous peut en fixer les faveurs ? Souvent , au faîte de la grandeur , une
main invifible vient creufer les plus
fatals abîmes. Les amis , ces meubles
fragiles de la profpérité , fuyent , &
nous laiffent à nous-mêmes. Quel
vuide affreux , fi l'on n'a pas les Arts ?
Fidéles dans les revers , ils en parta-

gent toujours le poids. On les a vû en
faire évanouir les rigueurs , & former
une douce félicité au milieu des plus
barbares difgraces.

F I N.

REFLEXIONS

REFLEXIONS

SUR

L'HISTOIRE,

Et en particulier sur l'Histoire Ancienne.

L'HISTOIRE est la science des évé-nemens dont la connoissance peut contribuer au bonheur des hommes.

Un Historien doit se demander à chaque trait. Ce fait , cette réflexion peuvent-ils rendre les autres plus heureux , plus éclairés , plus vertueux ? Et rejetter tout ce qui ne porte point ces caractères.

Il doit encore se faire une loi d'insister davantage sur les objets , à proportion qu'ils sont d'une plus grande utilité ; ainsi peser beaucoup sur ceux

qui ont une liaison étroite, avec la nécessaire ; & s'arrêter moins sur ceux
qui ne peuvent tendre qu'à l'agrément.

les besoins & les plaisirs forçant les
hommes à vivre en societé, la premiere chose que cet état leur impose,
ce sont des loix sages & justes, qui arrêtent la violence, & protégent la foiblesse. C'est donc à cette partie qu'on
doit s'arrêter le plus. Il faut rapporter
les loix des différens Peuples, non pas
toutes, mais seulement celles qui sont
particulieres à chacun d'eux. Il est bon
de ne pas négliger les plus bizarres,
sur tout quand elles ont été en vigueur
pendant plusieurs siécles. Combien y
en a-t il qui paroissoient tout-à-fait dé-
raisonnables, dont le hazard, ou un
génie supérieur, ont fait voir la sa-
sagesse ? Il n'y a point de détail dans
l'Histoire, où l'on ait plus besoin d'une
exactitude scrupuleuse pour le vrai,
parce qu'il n'en est aucun où l'on

puiſſe être plus inſtructif, ou plus per-
nicieux. Tel Etat qui ſe trouvoit à
deux doigts de ſa chûte, par de vi-
cieuſes conſtitutions, s'eſt relevé par
l'inſpection d'une ſeule loi étrangere
& antique. Si le trait eût été faux, il
couroit à ſa perte.

Comme les loix ſont le plus grand
bien des hommes, la reconnoiſſance
& l'intérêt de l'émulation, exigent
qu'on parle beaucoup des Légiſlateurs.
Ce ſont ceux-là qui méritent véritablement nos hommages ; & ce ſont ceux-
là dont il ſemble que tant d'Annales
ayent fait ſi peu de cas. Il eſt excellent
ſur tout de développer la maniere dont
ils s'y ſont pris pour réformer la juriſprudence de leur Pays ; le plan ſur lequel ils ont été obligés de bâtir, qui
comprend le caractere des Peuples ſur
lequel ils ſtatuoient, ſes coutumes
antérieures, la nature du climat, la
force ou la foibleſſe des Nations voiſi-

nes ; enfin les obftacles qu'ils ont ren-
contrés ; les moyens qu'ils ont mis en
œuvre , pour les lever , ou même les
écueils où leur prudence a échoué. Il
n'eft aucune de ces confidérations ,
dont on ne tire plus de profit , que de
la relation de cent fiéges , & de vingt
batailles.

Les Religions influant , autant qu'elles font , fur le Gouvernement , qu'un
Hiftorien fage les regarde toujours de
ce côté. En conféquence , qu'il dévoile avec exactitude tous les rits qui
avoient rapport au bien public , ou
ceux qui y étoient contraires ; les dogmes qui lioient entr'eux les citoyens ,
ou qui tendoient à les défunir. Et pour
toutes les fables abfurdes dont l'Antiquité eft pleine , ces Oracles , ces prodiges , tant d'impoftures qui ne fervent qu'à faire rougir la raifon , qu'il
les laiffe abfolument dans la nuit de
l'oubli.

L'éducation

L'éducation & les mœurs particu-
liéres des Peuples, ne demandent pas
moins de foins. On en fent les raifons,
& on eft affez laborieux fur cet article ; mais malheureufement on fe livre
trop là-deffus aux Auteurs que l'on
prend pour guides. Il faut fçavoir
démêler les intérêts ; & lorfqu'on apperçoit qu'ils en ont eu quelqu'un,
pour ou contre la Nation dont ils par-
lent ; il faut recourir à d'autres. Si ces
autres manquent, il faut juger foi-
même par l'infpection des faits ; non
pas d'un feul, mais de plufieurs réünis. Il eft rare que, malgré l'habileté
de l'Auteur, il ne laiffe de tems en
tems échapper quelques circonftances
légéres en apparence, qui, aux yeux
d'un connoiffeur, deviennent décifives.
Mais enfin, fi tout cela ne fuffit pas,
il faut prendre le parti le plus aifé &
le moins fuivi : douter.

Les Philofophes qui, de vive voix
Y

ou par écrit , ont enfeigné & fait aimer les vertus , doivent être mis au
rang des objets les plus intéreffans
pour la Societé. Malheureufement ,
les Hiftoriens , la plûpart bornés , je
dis même les plus célébres , n'ont pas
affez compris cette obligation. Vous
les voyez fans ceffe occupés à rechercher avec une fcrupuleufe exactitude ,
les moindres actions d'un puiffant fcé-
lerat. Et quand il s'agit d'un Génie
ami des hommes ; ou , ils fe contentent de l'énoncer ; ou , ils reçoivent
fans examen , les plus fauffes & les
plus baffes traditions ; de forte , qu'au
lieu de la vie d'un fage , on trouve le
Roman d'un fot , ou d'un fol. C'eft
dommage que des hommes qui étoient
l'honneur de l'humanité , en foient
devenus l'opprobre par la foibleffe de
ceux qui nous ont tranfmis les bizarres Annales de l'Univers.

Il feroit à fouhaiter qu'on ne fut

jamais contraint de préfenter les affreux & dégoûtans fpectacles de la
guerre. Mais, puifque les hommes
qu'elle détruit, ne peuvent fubfifter
fans elle; on eft obligé de donner à
cette partie tous les foins poffibles.
Avec le détail fi long que nous en
avons, qui ne croiroit que du moins
cet objet a été bien traité? C'eft un de
ceux qui l'ont été le plus mal. On a
chargé les faftes du genre humain,
de tout ce qui étoit inutile, & laiffé
prefque toujours ce qui eft important.

1°. Il faudroit donner par des exemples, une jufte idée de la guerre; faire
comprendre qu'elle ne doit jamais être
entreprife que pour repouffer la violence, ou venger un affront fi grand,
que la plus fage partie des citoyens
préférât le danger de la mort à l'impunité; pour cela, ne repréfenter jamais les Conquérans injuftes qu'avec
horreur, & élever jufqu'au Ciel les

Princes qui ont facrifié leur repos, ou
leur fang à la défenfe, ou à la gloire
réelle de leur Patrie. Il n'y a point
de milieu. Celui qui entreprend une
guerre inique, eft un monftre : celui
qui la fait avec raifon & avec courage, eft un demi-Dieu.

2°. Qu'on s'arrête fur la difcipline
des Armées, fur les armes qui leur
étoient propres ; fur leur courage, &
plus encore fur leur adreffe.

3°. Parmi les Généraux, qu'on coule
rapidement fur ceux qui n'ont montré
qu'un bonheur conftant, ou une féroce valeur. Mais qu'on étudie tous
les pas de ceux qui ont réparé le petit
nombre, ou le peu de vigueur de
leurs foldats, par tout l'Art de la
guerre ; par des campemens avantageux, des retraites heureufes, des
embûches dreffées avec fineffe, des
coups imprévus & vigoureux. Il y a
plus à apprendre, en étudiant une

feule campagne d'Annibal fur le Tibre,
de Cefar dans les Gaules , des Romains dans la plûpart de leurs guerres , de Saladin dans la Paleftine , ou
de Turenne fur le Rhin ; que dans
toutes les victoires d'Attila, d'Alaric ,
de Tamerlan , ou de tel autre Barbare , à qui un courage brutal & des
troupes innombrables , ont tenu lieu
de Génie.

Les hommes gouvernés ou défen-
dus , ont encore befoin des Arts. Ce
feroit un crime de négliger leurs In-
venteurs , je dis même , les Inven-
teurs des plus communs , quand ils
font utiles. Malheureufement , un injufte dédain pour ces derniers , nous
en a fait ignorer l'origine. Lorfqu'on
en trouve quelques veftiges ; qu'on fe
faffe un devoir de les fuivre. Il eft
tems qu'on quitte le mauvais orgueil
de déprécier ce qui nous fait du bien.
L'Agriculture , le Commerce & d'au-

tres de cette nature doivent être pré-
fentés avec refpect. Il faut en développer les progrès, indiquer les nations qui les ont le plus cultivés, expofer les refforts dont on s'eft fervi
dans les fages Etats pour les animer,
faire voir les caufes qui y ont été les
plus favorables, & les conféquences
qui en ont réfulté en faveur de l'Empire ; préfenter au contraire les terribles effets que leur négligence a fait
naître, & fouvent même la chûte des
Etats qu'elle a occafionnée. Tous les
jours on cherche bien loin la caufe
d'une dépopulation ou d'une révolution. Elle eft fouvent dans le défaut
d'un Art vil en apparence, qu'on a eu
l'imprudence de dédaigner.

Les plaifirs font partie de nos befoins. Que la vie feroit amere, dans
ce tourbillon de travaux & de peines
où nous plonge la Nature, fi quelquefois les Arts aimables n'y faifoient luire

un rayon de bonheur ! Ils élevent même le Génie, & le rendent plus propre aux glorieufes fatigues qu'exige de
nous l'ingrate Societé. Un Hiftorien
ami de l'humanité, ne les négligera jamais. Il tirera du tombeau les Artiftes
célébres : il en propofera les fuccès à
notre émulation ; & fufcitera de nouveaux Mécénes, en payant aux anciens
le tribut de fa reconnoiflance.

L'Hiftoire moderne doit être le principal objet de nos recherches. C'eft-là
où l'on trouve des mœurs plus rela-
tives aux nôtres, & par conféquent
plus inftructives. Il ne faut pas cependant abandonner les principaux traits
de l'Hiftoire ancienne. Il eft fur tout
deux Peuples fur lefquels on ne fçau-
roit trop s'arrêter ; les Grecs & les
Romains, les plus refpectables que la
terre ait portés ; ces Peuples où la
force & les graces du Génie, fe trouvent fans ceffe portées à leur comble.

On fe plaint quelquefois , qu'on s'attache à cette partie de l'Hiftoire , préférablement à plufieurs qui nous approchent davantage. Je ne fuis point furpris de cette prédilection , & je la trouve raifonnable. En effet , lorfque les événemens font tout-à-fait contemporains , ils nous intéreffent comme hommes & comme citoyens , par mille relations immédiates ; & leurs moindres détails deviennent conféquemment chers à notre curiofité. Mais , lorfqu'ils ont paffé ce cercle d'années où fe renferme notre exiftence , ils ne nous touchent plus que comme hommes , & rentrent à notre égard , dans le fein des tems confondus avec les autres. C'eft-là que fans partialité , nous choififfons indifféremment dans tous les âges & dans tous les lieux , les faits qui honorent davantage l'humanité. Les Grecs & les Romains nous offrant continuellement des exemples qui l'élevent ;

vent ; il n'eft point étonnant qu'on fe plaife à en méditer , & à en recueillir les Annales.

Mais , dit-on , *C'eft compiler beaucoup de menfonges.* Sans doute , il y en a. Et quelle eft l'Hiftoire exempte de ce foupçon ? Les relations des faits les plus récens ont-elles pû l'éviter ? Mais il eft conftant que , s'il y a des Villes au monde qui puiffent avoir des Faftes furs , ce font des Villes comme Rome & Athénes, toutes deux fi éclairées , & où tant de Lecteurs judicieux , la plûpart Acteurs , ou témoins des événemens , fe feroient récrié contre un Ecrivain qui les auroit altérés.

Mais , ajoûte t-on , il y a des Fables mêlées avec les vérités. Encore un coup : qu'on me montre des Pays où il n'y ait point eu de ces Auteurs fans jugement , qui groffiffent leurs ouvrages , des traditions populaires. Quoi ! parce que Ctefias ou Hérodote auront

Z

rapporté des abſurdités , & qu'un Rhéteur les aura fait paſſer dans notre Langue ; l'Hiſtoire Grecque ne doit pas être conſultée ! Si l'on prononçoit auſſi rigoureuſement contre nous , je connois des Hiſtoriens de nos jours , qui nous nuiroient fortement auprès de nos Deſcendans.

Il faut ſçavoir diſtinguer les bons Ecrivains, tels que Thucidide , Polybe, Salluſte & Tacite. Il faut éclairer les faits par une Critique hardie & prudente. Il faut conſulter les ſuffrages des autres Nations enchantées de la Gréce, & de l'ancienne Italie : enfin , il en faut croire les précieux monumens qui reſtent encore de leurs ſublimes travaux.

D'ailleurs , il eſt des faits très - extraordinaires , & qui ne laiſſent pas d'être réels. Quand un fait ne répugne , ni à la raiſon , ni à l'enchaînement des autres , ſa ſingularité ne

doit pas empêcher de le croire. Il n'eſt
pas même ſurprenant que parmi tant
de combinaiſons diverſes que cette
foule d'humains nos prédéceſſeurs , a
fait naître , il y en ait qui tiennent du
prodige. Nous en avons vû de nos
jours. La Bataille de Narva nous ga-
rantît celle de Marathon ; & les Armées innombrables que le Mogol en-
tretient aujourd'hui , nous répondent
de celles de Xerxés.

Mais qu'importe , dira - t - on , la
connoiſſance de l'ancien Univers ? *Le
Monde aujourd'hui vaut mieux que
jamais.* Voilà la queſtion réſolue en
deux mots : examinons-la dans quelques pages.

On décide ſouvent les choſes les
plus conſidérables , par des motifs bien
légers. On eſt frappé de quelques avantages que l'Art a fait naître , & qui
nous donnent quelques commodités
de plus ; & parce que ces aimables

riens ont été inconnus aux Anciens,
on conclut que nous valons mieux
qu'eux. Eeft ce fur de pareilles bagatelles qu'on a droit de juger ? Il faut
rechercher ce qui fait réellement la
gloire & le bonheur de l'humanité.

La fageffe des gouvernemens eft la
partie la plus importante ; &, de ce
côté-là, l'antiquité n'a rien à nous en-
vier. Les mêmes formes que nous
avons, elle les avoit. L'Orient avoit
des Defpotes tirans : il a le malheur
d'en montrer encore. L'Occident a des
Monarques juftes : il en poffédoit auffi.
Nous avons peu de Républiques, ces
Gouvernemens, je ne dis pas les plus
defirables, puifqu'ils font les plus agités ; mais au moins, ceux qui font le
plus d'honneur à la raifon. L'antiquité
en comptoit beaucoup ; & jamais l'a-
mour de la liberté n'a éclaté depuis,
avec un zéle fi généreux.

Pour les mœurs des Peuples, l'antiquité en offre d'admirables en tous genres : jamais l'inflexible rigueur d'une vertu mâle & auftére, ne fut pouffée plus loin qu'à Lacédémone. Il n'y a point aujourd'hui de Nation qui foit toute entiere auffi éclairée, & auffi brillante que l'étoient les Athéniens. Veut-on une Ville qui, par fes travaux, & l'induftrie de fon commerce, s'éleve au faîte de la grandeur? Carthage ne le céde à aucune autre, elle dont les Négocians ont difputé fi long-tems l'Empire de notre Hémifphere. Et quel Peuple pouffa jamais fi loin, l'horreur de l'efclavage, l'amour du bien bublic, la Politique, la Valeur, la nobleffe des fentimens, que les Romains dans le fecond âge de la République ?

Il n'eft pas befoin de s'arrêter fur les Arts. Les monumens qui nous reftent d'Athènes & de Rome font nos délices & nos modéles. La fcien-

ce des mœurs & celle des objets in-
telligibles , devoient néceffairement
être pouffées plus loin , dans des Pays
où chaque citoyen avoit la liberté de
penfer tout haut fur ces matieres. Il
eft vrai que la Phifique eft tout autrement connue : mais, avouons-le ; eft-
ce à un Génie plus pénétrant que nous
devons nos progrès ? N'eft-ce pas au
hazard, qui dans un fiécle d'ignorance , a fait naître ces heureufes découvertes du Télefcope & de la Bouffole ,
les germes de nos fuccès ? D'ailleurs ,
quand notre Europe pourroit fe flatter
là-deffus de quelque avantage , combien le refte de la Terre n'a-t-il point
à être humilié , elle dont les trois
quarts gémiffent fous une loi qui fait
un devoir de l'ignorance ? Affurement,
l'antiquité n'a jamais eu une tâche fi
flétriffante.

Si l'on aime les fpectacles frappans ,
quelle foule fes Faftes n'offrent - ils

point aux Lecteurs ? Des révolutions
juftes & hardies, des défenfes intrepides & légitimes ; des victoires douces & rapides, l'effet d'une héroïque
Valeur ; d'autres lentes & méditées,
l'effet de l'extrême prudence ; un Peuple qui, refferré dans quelques Ifles,
fait tête à toutes les forces de l'Afie,
& les enchaîne lui-même ; un autre
qui met tant d'Art, tant d'humanité,
tant d'équité même dans fes conquêtes, qu'il en fait évanouir le crime ;
ce Peuple qui fembloit ne fubjuguer
les autres, que pour les rendre plus
éclairés & plus heureux. C'eft à l'antiquité qu'on doit ce fpectacle fi beau,
fi touchant, & qui n'a encore brillé
qu'une fois ; tout l'Univers policé,
réüni fous des loix fages, & jouiffant
d'une paix profonde, longue & heureufe.

Il n'eft qu'un feul fpectacle qu'elle
n'offre point, les Tragédies des guer-

res de Religion. La Terre alors ignoroit ces fanglantes conteftations , où l'on s'égorge pour la gloire de Dieu ; où l'on fe hait pour fon amour. Le Voyageur libre , tranquille , pouvoit errer dans tous les Pays de l'Univers , fans craindre qu'on lui fît un crime capital de croire qu'un Faftre d'Arabie avoit été un grand Homme & non pas un Prophête.

L'Hiftoire moderne a fans doute des traits admirables : mais quels font les traits que choifit fon Panégyrifte ? *La conquête des fucceffeurs de Maho-met , qu'on oppofe à celle des Ro-mains qui , tout triomphans qu'ils ont été , n'ont jamais , à ce que l'on affu-re , poffédé la dixiéme partie de l'Em-pire Sarrazin.*

1°. Les Romains poffédoient au moins la dixiéme partie du globe ha-bitable ; & affurément les Califes ne l'ont jamais poffédé tout entier.

2°. Il eſt exactement vrai que l'Empire Romain étoit auſſi grand que le Sarrazin. En Afrique , les limites étoient les mêmes. En Aſie , le Sarrazin s'étendoit davantage ; mais il n'avoit rien , ou preſque rien en Europe ; & le Romain en dominoit la plus belle moitié. Qu'on tranſporte l'Italie , l'Allemagne , la France , l'Eſpagne , l'Angleterre, toute la Gréce au-delà de l'Euphrate ; on compenſera bien la Perſe , & une partie du Mogol que le Muſulman avoit de plus.

Enfin , eſt il poſſible qu'avec tant de pénétration , on n'apperçoive pas les prodigieuſes différences qui ſe trouvent entre les Romains & les Sarrazins ? Les Sarrazins qui s'élevant dans les circonſtances les plus favorables , n'ont fait que porter les derniers coups à des Etats que leurs diviſions & la foibleſſe de leurs Princes , avoient pouſſés ſur le bord du précipice ; les Ro-

mains qui attaqués de toutes parts ,
dès leur origine , ont été obligés de se
faire jour à travers une foule d'ennemis réünis, induſtrieux , & belliqueux :
les Sarrazins qui n'ont montré qu'un
courage heureux abſolument deſtitué
de tout art ; les Romains qui ont allié
à la plus haute valeur , la Politique
la plus adroite qui fut jamais : les Sarrazins dont les triomphes étoient toujours ſuivis de carnage ; les Romains
dont les victoires étoient ſi ſouvent le
commencement d'une douce domination : les Sarrazins qui éteignoient par
tout les lumieres de l'eſprit humain ;
les Romains qui les portoient dans les
Pays les plus barbates : les Sarrazins
qui après trois ſiécles , ont diſparu
pour jamais ; les Romains dont l'Empire s'eſt ſoutenu douze cens ans en
Occident , & n'étoit point encore tout-
à-fait détruit dans l'Orient deux mille
ans après ſa fondation.

Le trait qu'on ajoûte à celui-ci eſt curieux : *la moitié de l'Occident fouſtraite à l'obéiſſance du Pape.* En effet un Lecteur raiſonnable doit être bien plus flatté, en voyant deux ou trois Sectaires qui embrâſent l'Europe, & font couler des flots de ſang, qu'en contemplant un Léonidas qui avec trois cens hommes, arrête un Déluge de Barbares, & cherche une mort certaine pour arracher ſa Patrie à l'eſclavage ; un Thémiſtocle, & toute une Ville qui ſe tranſportant ſur les eaux, va chercher le rétabliſſement de ſes murailles dans le ſang d'un million d'injuſtes ennemis ; & force en une campagne la fortune à les lui rendre plus floriſſantes qu'avant ſes diſgraces ; une Nation généreuſe qui victorieuſe des Rois de Macédoine, ne veut d'autre récompenſe des travaux d'une guerre ſi ſanglante, que le plaiſir de rendre la liberté à la Patrie des Arts,

& d'en faire publier l'Edit par fon Conful dans la folemnité des Jeux.

On vante beaucoup la magnificence de nos Villes. Cependant, fi ce que les Hiftoriens rapportent eft vrai, les modernes n'égalent certainement point la beauté & les richeffes des anciennes. Mais doit-on les en croire ? Qu'on y prenne garde. Les Latins qui nous ont tranfmis ces defcriptions, écrivoient à Rome, où il ne paroît pas qu'il leur fut poffible de tromper. En effet y auroit-il aujourd'hui un Ecrivain affez téméraire, pour aller prêter à Mont-pélier ou à Strafbourg, des embellif-femens prodigieux qui ne s'y trouve-roient point ? Il y a dans dans Paris vingt mille hommes qui le démenti-roient bientôt. Mais les extrémités de notre Continent, étoient auffi connues à Rome, que les extrémités de la France le font à Paris. La domination de la Capitale donnoit le même com-

merce reciproque. On envoyoit tous
les jours aux Villes les plus éloignées
des Troupes , des Magiſtrats, des Gou-
verneurs, des Officiers de toute eſpéce , des Avertiſſemens , ou des Ordres
nouveaux. D'un autre côté les Sujets
étoient continuellement amenés au
centre par l'eſpoir des graces , ou la
crainte des peines. Rome étoit le point
où aboutiſſoient tous les reſſorts du
monde connu , & d'où partoient tous
les mouvemens qui en agitoient les
différentes parties. Ainſi il n'y avoit
point de Ville un peu conſidérable ,
dont les détails ne fuſſent familiers
aux Romains. Comment donc un Hiſ-
torien auroit-il eu le front d'altérer
des vérités ſi publiques ?

D'ailleurs mille monumens les ga-
rantiſſent. Sans parler de tant de veſ-
tiges de la grandeur & de l'opulence
des Villes anciennes ; Palmyre ſeule
& ſes ruines ôtent tout ſoupçon. Qu'on

en life dans le Brun , & dans cent autres Voyageurs , la defcription. Ces
ruines même fi confufes , effacent tout
ce que l'Italie offre de plus brillant.

Il refte à demander fi la Terre étoit
plus peuplée alors , qu'elle ne l'eft aujourd'hui. Un Perfan aimable & profond , a démontré l'affirmative par le
droit & par le fait. Il montre d'abord
que les Loix Romaines étoient bien
plus favorables à la propagation , que
celles qui partagent aujourd'hui le
monde. Ainfi le monde devoit néceffairement avoir plus d'habitans. En fecond lieu , il prouve qu'en effet il en
avoit davantage. Ici il a de quoi s'étendre. Il produit la Mauritanie , la Ly-
bye , la Paleftine , l'Afie mineure , la
Gréce, tant d'autres Pays autrefois fi
peuplés , remplis de Nations florifan-
tes & nombreufes , à préfent prefque
déferts. Il cite ces fréquens effains que
le Nord vomiffoit fans ceffe fur le

Midi , déja trop chargé. Il préfente
une quantité étonnante de Villes puif-
fantes , aujourd'hui abfolument difpa-
rues. Qu'oppofe-t-on à cela ? *Il n'y
avoit point Hambourg.* Non , il n'y
avoit Hambourg ; mais en Germanie
même , il y avoit cent petites Villes
qui ne fubfiftent plus ; il y avoit dans
les Gaules vingt Peuples que cite Cé-
far , dont on ne voit plus que de foibles reftes. Du fein de ces forêts dont
l'Allemagne étoit couverte , il fortoit
ces inombrables colonies qui faifoient
trembler l'Empire. Enfin , c'eft de ces
forêts même qu'eft fortie cette foule
de deftructeurs qui ont dépécé l'Occident. Ce font des faits dont nous avons
autant de monumens que de Provinces ; puifque la plûpart portent encore
les noms de ces Vainqueurs. Mais
quand même il feroit vrai que l'Allemagne eft plus peuplée à préfent ,

qu'elle ne l'étoit il y a dix-huit cens ans ; cette partie de dix Dégrés en compenfera-t-elle cent en Afie & en Afrique, où la dépopulation eft fi marquée? *Il n'y avoit point Hambourg ;* mais il y avoit Athénes, Lacédémone, Corinthe, Ephéfe, Milet, cent autres Villes qui valoient Hambourg. *Il n'y avoit point Hambourg ;* mais il y avoit Antioche, Alexandrie, Seleucie, Jerufalem, Nicomédie, tant d'autres qui valoient quatre Hambourg ; mais il y avoit Rome qui en valoit dix.

Il eft vrai qu'on fortifie ces preuves d'une autre extrémement importante. On remarque *qu'il n'y avoit point de grand chemin d'ici a Orléans.* Sans doute, *un grand chemin* de plus, ou de moins doit être décifif. Mais fi cela eft, *Ufbek* gagne fa caufe : car il peut renvoyer l'illuftre Auteur de cette objection à l'Hiftoire des *grands chemins*

de

de l'Empire:; & là, pour un moderne,
il en trouvera dix anciens bien autrement étendus , que d'ici à Orléans.

C'est un malheur dont peu d hommes font exempts : on a la manie de
vouloir être ce qu'on n'est pas. On est
né avec une imagination vive , forte
& brillante , au moins dans le détail :
on y ajoûte le fentiment , & l'harmonie la plus douce dans l'expreſſion.
Avec ces talens heureux & rares , on
est Poëte , & Poëte excellent. En cette
qualité on mérite le refpect de fes contemporains , & les fuffrages de la Poftérité. Mais non content d'un fi beau
partage , on veut encore être Philofophe !

Que malgré ces cenfures , des pinceaux modernes travaillent à nous
enrichir de l'Hiftoire de l'Antiquité.
C'est un fujet qu'on peut regarder
comme neuf; & pourvû qu'on choi-
fiffe avec difcernement & avec goût ,

on peut être fûr de former une fuite de tableaux brillans & utiles , auffi glorieufe à l'Artifte , qu'avantageufe au Spectateur.

F I N.

LETTRE

SUR L'EDUCATION

DES FEMMES.

LETTRE
SUR L'E'DUCATION
DES FEMMES.

Mon cher Ami,

Vous me demandez ce que je penſe de l'éducation des femmes. Si une jolie femme ou un petit-Maître me faiſoient cette queſtion, je ne leur parlerois que ſous le maſque ; car je ne voudrois ni flatter, ni déplaire. Avec vous qui êtes homme, on ne riſque rien de ſe montrer à découvert.

Qu'eſt-ce qu'une femme ? C'eſt l'être du monde le plus indéfiniſſable. Parcourez toutes les Nations qui peſent ſur notre Globe : vous n'en trouverez pas deux qui en ayent les mêmes idées. En Afrique, c'eſt une eſclave faite pour ramper ſous un Maître. Dans les Indes, c'eſt une machine aſſez drole,

uniquement animée pour les plaisirs
d'un Magot. En Turquie, c'est un joli
bijou, mais facile à perdre, & qu'il
faut soigneusement tenir sous la clef.
En Espagne, c'est une espéce d'ennemi
dangéreux, qu'il n'est pas mal d'en-
fermer un peu. En Moscovie, c'est une
compagne malheureuse qu'il est bon
de battre quelquefois. En Angleterre,
c'est une égale soumise qu'on estime,
& qu'on aime. En Pologne, c'est une
Maîtresse qui commande. En France,
c'est une Divinité qu'on adore. Comp-
tez les degrés de l'élevation du Pole,
vous verrez l'empire des femmes augmenter à peu près en raison de la
distance de l'Equateur. Et cela seroit
exactement vrai, si les Moscovites
étoient à notre place, & nous à la
leur ; ou plutôt à ce compte nous de-
vrions être directement sous le Pole.

De quel côté est la Raison ; c'est ce
qui n'est pas facile à décider. Chaque

Peuple s'applaudit de ſes coutumes,
& prétend avoir de juſtes motifs. En
France même, tous les ſuffrages ne
ſeroient pas unanimes ; & ſi nous qui
vivons dans le célibat, nous trouvons
très-bien de nos uſages, en revanche
il y a bien des Maris qui s'accommo-
deroient des maximes ultramontaines.
J'en connois même qui aimeroient
aſſez les principes de Conſtantinople.
Il y a cependant un point où tout le
monde ſe réünit ſur le compte des
femmes : c'eſt de leur rendre le corps
le plus aimable qu'on peut, & l'eſprit
le plus mauſſade. Maître de Danſe,
Maître de Muſique, tout cela leur eſt
prodigué : mais pour des Maîtres qui
forment leur raiſon, & ornent leur
imagination, on n'y penſe ſeulement
pas. Au contraire il ſemble qu'on ſe
fait un plaiſir d'affoiblir l'une & l'autre. Cependant quelques ſentimens
qu'on ait d'elles, c'eſt aſſurement s'y

prendre fort mal. Car, si on leur croit peu de raison, on a intérêt de la fortifier ; & si on leur en croit beaucoup, c'est un crime de l'étouffer.

Sérieusement, si on aime les Arts, si les femmes s'aiment, si nous nous aimons, peut-on balancer de les intruire, peuvent - elles hésiter de s'y prêter ?

Les femmes n'ont pas ordinairement cette force d'esprit qui invente & qui crée, & ce jugement ferme qui ne permet pas de s'égarer. Mais en récompense elles ont une extrême facilité pour concevoir les choses les plus difficiles ; une netteté d'esprit qui leur fait appercevoir les objets dans leur ordre naturel ; un goût délicat, une finesse que nous leur contesterions en vain, une aisance dans l'expression, & des graces que nous n'imitons jamais parfaitement. Qu'on transporte ces heureuses qualités des bagatelles où on les employe, à des objets solides
des

des & gracieux ; quel avantage n'en
refulteroit-il pas en faveur de ces objets
mêmes ?

On fe plaint tous les jours que les
Sciences font hériffées. Qu'on les faffe
paffer par l'imagination des femmes,
elles dépouilleront bientôt ce qu'elles
ont de rebutant. Les femmes font faites
pour embellir toute la Nature. Et quelle
émulation ne refulteroit pas de leurs
études ? Tous les hommes cherchent à
fe faire aimer de ce fexe ; au moins il
n'en eft aucun qui ne foit flatté d'avoir
fon eftime. En France on en eft encore
plus jaloux qu'ailleurs. Comme on fentiroit qu'on y prétendroit en vain avec
un efprit inculte , on feroit des miracles pour le polir.

Les Arts font généreux : on ne les
oblige jamais qu'ils ne payent les bienfaits avec ufure. Tout homme qui les
a cultivés , éprouve combien ils font
utiles. Cependant les affaires qui nous

occupent , & l'extrême liberté dont
nous jouiſſons dans les plaiſirs , nous
les rendent moins néceſſaires. Mais les
loix de la Bienſéance , ce Tyran que
nous avons impoſé aux femmes, &
qui punit ſi ſouvent ceux qui l'ont
couronné ; ces loix cruelles, ſont des
Arts une reſſource abſolument eſſentielle à leur bonheur.

Une contrainte rigoureuſe , ou un
choix reſpectable , les conſacrent - ils
aux autels ? Ces grilles redoutables ,
cette ſombre ſolitude , ces ſpectacles
uniformes , inſpirent à la longue , des
momens de regret. Quand même une
heureuſe ferveur en éloigneroit l'amer-
tume, il eſt toujours des inſtans de dé-
goût : du moins il eſt des inſtans d'en-
nui. C'eſt alors que des phantômes im-
poſteurs viennent réveiller les deſirs.
L'oiſiveté qui les a fait naître , céde
à la vivacité qui les augmente. L'eſprit qui eſt vuide , s'y porte avec toute

fon ardeur. Le cœur fe met de la partie. Qu'on eft malheureufe , lorfque
l'imagination eft fi près des plaifirs ,
& que les fens en font fi éloignés ! Une
lecture , ou quelques réflexions folides
auroient prévenu l'orage ou rétabli-
roient bientôt le calme.

Dans le monde , une femme veut-
elle couler de triftes , & de vénérables
jours fous le joug de l'honneur ? L'empire eft gliffant , & le maître eft dur.
La plus fidéle de fes efclaves eft tentée plus d'une fois de ceffer de l'être.
Tant de chofes invitent à la révolte !
L'exemple de mille rebelles qui s'ap-
plaudiffent de leur infidélité ; des com-
plices charmans qui s'offrent fi géné-
reufement pour en partager le crime ;
le plaifir qu'il y auroit à fe rendre coupable ; des defirs toujours prêts à com-
ploter contre le Tyran ; ils triomphent
fi on les écoute. La diverfion fur les
Arts eft le feul moyen de les faire tai-

re. Ce sont des sujets factieux qu'on ne
rend dociles qu'en les employant contre les étrangers.

Mais c'est être bien imprudent que
de donner des armes contre soi-même.
Il faut au contraire condamner à l'i-
gnorance toutes les inhumaines : c'est
un moyen infaillible de les rendre incessamment plus tendres.

Ce sont ces aimables Coquettes qui
méritent tous nos soins, ces cœurs
compatissans & fiers, qui, comme les
Héros de Rome, mettent leur bonheur à faire celui des Amans soumis,
& leur gloire à enchaîner les superbes.
Hé bien, un esprit cultivé est pour elles
une source infaillible de succès. Est-on,
non pas laide, mais un peu moins bien
qu'on ne voudroit ? L'esprit cultivé
répare cette disgrace. Est-on jolie ?
L'esprit cultivé donne un empire de
plus. Veut-on beaucoup d'Amans ?
L'esprit cultivé en amene de toutes les

fortes. Si on fe plaît à mettre dans fes fers des hommes de mérite, que fçais-je ? Quelquefois même un Philofophe ... Cette efpéce n'eft pas la plus aimable ; mais la conquête en eft flatteufe. Il eft glorieux de voir un Platon apoftat foupirant à fes pieds. La beauté eft impuiffante contre ces fortes de gens. Un efprit cultivé eft fûr de réüffir.

L'Himen, ce mal fouvent néceffaire, fait fouvent payer cher le droit aux plaifirs : quelquefois il en exige de cruelles ufures. On rencontre un mari jaloux, un mari farouche, un mari volage. Les confolations étrangeres ne font pas toujours faciles. Une raifon éclairée en fournit qui ne tariffent jamais , & qui ramenent à la longue, l'Epoux à la tendreffe de l'Amant.

Mais combien les hommes y gagneroient-ils eux-mêmes, fi l'on cultivoit l'efprit de ce fexe charmant ? Nous déclamons contre les femmes. Notre fierté veut fecouer le joug qu'elles nous impofent. Nous leur cherchons des défauts ; nous groffiffons les réels ; nous en formons d'imaginaires. Mais leur triomphe naît des efforts qui le combattent. Les mêmes idées qui nous rapprochent leurs foibleffes , nous en montrent les graces ; & la bouche n'a point encore prononcé l'invective que le cœur en a déja fait l'apologie. Puis donc que la nature nous en fait des compagnes néceffaires , notre intérêt ne nous dit-il point de les rendre plus aimables encore , en y ajoûtant le mérite de l'Art ?

Qu'y auroit-il en effet de plus gracieux que de trouver en même tems , une époufe & une amie ; une époufe que l'on aime , une amie que l'on eftime , dont la beauté donne l'ivreffe enchanteufe de l'amour , dont l'efprit donne les agrémens folides de la focieté , dont la tendreffe faffe goûter

des plaifirs purs dans la profpérité ,
dont la raifon infpire de douces confolations dans les peines, ou d'utiles
confeils dans les dangers ?

On fe plaint que les converfations
des femmes les plus ingénieufes , ne
font qu'un tiffu de bagatelles miféra-
bles. On en accufe la nature, comme fi
elle leur avoit donné un efprit aimable , & étroit. Si cela eft , il faut que
la plûpart de nos Galans foient des
femmes déguifées. Il eft vrai qu'à confidérer leur attention à faire évanouir
toutes les marques de reffemblance
avec nous , on feroit tenté de le croire. Cependant je connois des Dames
à qui ils ne déplaifent pas dans un
tête-à-tête ; & furement elles ne feroient pas d'humeur à s'accommoder
d'un fexe qui auroit trop de conformité avec le leur. Que faut-il donc ac-
cufer du peu de folidité qu'on trouve
dans les uns & dans les autres , fi ce

Bb iv

n'eſt l'éducation ! Une mere inſtruit ſa
fille dès l'enfance, à ſe tenir droite,
& à begayer un formulaire d'inſipides
complimens : le Maître à danſer vient
apprendre à ſe préſenter avec affectation : le Maître de Muſique montre
quelques lambeaux d'Opéra vuides de
ſens : la Coëffeuſe inſtruit dans l'Art
bien plus important , de placer une
mouche avec adreſſe , ou de mettre un
ruban avec goût. Quand une jeune
perſonne eſt ſuffiſamment pourvue de
ces talens merveilleux , on la mene
dans les cercles où elle voit jouer , &
entend parler ajuſtemens. Les *Aimables*
viennent à l'Aſtre levant. On lui dit
qu'elle eſt belle , ſpirituelle , qu'on
l'adore. Voilà la galanterie qui occupe
tous ſes momens , & qui la mene ,
telle qu'elle , entre les bras d'un mari ,
pour lui faire partager ſon tems entre
les ſoins de plaire , bien entendu à
d'autres qu'à ſon époux , & le grand
art de médire.

Placez dès l'enfance un Neuton,
un M . . . . . . dans ce tourbillon de bagatelles ; vous en ferez une Coquette ,
ou ce qui eſt pis encore , un petit Maître ; cet être mixte qui n'a ni les graces
du ſexe qu'il imite , ni la force de celui dont il dégénere.

Qu'à toutes ces choſes dont la plûpart nous accommodent aſſez , & dont
quelques-unes ſont excellentes , on
eût ajoûté les talens de l'eſprit , il eſt
telle Coquette de qui le babil importun
vous eſt à charge, dont le génie ſolide
& charmant auroit fait votre bonheur.

Auroit-on la petiteſſe de craindre
que les femmes ne priſſent alors trop
d'aſcendant ſur nous ? Mais un eſprit
foible qui a beſoin d'être gouverné,
eſt trop heureux de trouver une Aman-
te , ou une Epouſe dont l'eſprit ſupplée
au ſien. L'empire de la Raiſon n'eſt ni
honteux , ni à craindre. Il n'y a que
celui de la Beauté toute ſeule, qui avi-
liſſe , & qui ſoit dangereux.

On eſt revenu du préjugé qui faiſoit croire que les lumieres & les mœurs étoient preſque incompatibles dans ce ſexe. Ce qui montre la vertu , & la fait aimer , pourroit-il lui nuire ! Les Lettres ne corrigent pas toujours les vices ; mais elles les diminuent. La paſſion de ſçavoir qui devient la dominante , étouffe à la longue, ou du moins arrête les effets des autres.

Mais, dit - on , les ſoins de la famille doivent être l'occupation eſſentielle des femmes ! Sans doute. S'enſuit-il qu'on doive les confiner dans cette étroite Sphére ? Les devoirs de l'état qu'un homme embraſſe , ſont pour lui , s'il eſt ſage , les premiers de tous : cependant il trouve le moyen de ſe délaſſer quelquefois avec les Arts. Si les glorieuſes fatigues que nous avons priſes pour notre partage , ſi les emplois les plus pénibles , ſi le ſardeau même du miniſtere & du trône , ne font point inaliables avec les Lettres , & que ces fublimes occupations qui fe portent à d'inombrables familles , ne fouffrent point de leur étude , peuvent-elles être plus incompatibles avec les foins bornés d'un ménage ?

Il eft un inconvenient plus fondé ; c'eft le ridicule de vanité , qu'on voit quelquefois prendre aux femmes fçavantes. On trouve cependant des exemples du contraire. Madame Deshoulieres , Madame Lambert , Madame de Sevigné , étoient auffi modeftes qu'élévées dans leurs penfées ; & il ne feroit pas difficile d'en montrer aujourd'hui qui ont hérité de ce caractere. D'ailleurs , ce n'eft point à l'étude qu'il faut s'en prendre , mais à l'étude mal faite. L'ignorance eft méprifable ; une fauffe fcience eft mille fois pire.

On croit avoir tout fait pour former l'esprit des éléves de l'un & de l'autre sexe , quand on leur a appris quelques Langues. Un jeune homme qui sçait bien le Latin , est un homme instruit ; s'il y ajoûte le Grec , c'est un prodige ; & avec tout cela , c'est très-souvent un sot que dix ans perdus n'ont fait que rendre plus sot.

On employe le tems précieux de la jeunesse , à meubler la mémoire de mots , & on laisse la tête vuide de choses. On a en profusion des signes pour exprimer ses idées , & on n'a point d'idées.

Les Langues vivantes sont sans doute utiles aux hommes dans les voyages , & dans le commerce mutuel des nations. Mais ce qu'on appelle Langues sçavantes , à quoi servent-elles le plus souvent ? La plûpart des hommes ne trouvent pas dans toute leur vie , une occasion où ils puissent en faire un usage utile ; & les agrémens qu'elles

procurent ne récompenſent pas du
tems qu'on met à les apprendre.

On s'appuye ſur l'exemple de nos
Peres. Nos Peres étoient dans un
cas bien différent. Leur Langue barbare n'offroit ni penſées, ni graces.
Les Sciences qui ne parloient alors
que Latin, ne pouvoient s'apprendre
que dans cet Idiôme ; & la diſette
d'Auteurs forçoit ceux qui vouloient
ſe former le goût, à l'aller puiſer dans
les ſources de l'ancienne Italie. Mais
aujourd'hui il n'eſt aucune ſcience ſolide qui n'ait été traitée dans notre
Langue. Les traductions que nous
avons des anciens, peuvent conſoler
de l'impuiſſance de les entendre ; &
certainement les Ecrivains excellens
dans toute ſorte de genres, ne laiſſent
rien à deſirer pour s'éclairer, ou pour
s'orner.

Les Grecs, le Peuple du monde
dont la Langue fut la plus riche, &

l'efprit le plus heureufement cultivé ;
les Grecs n'ont jamais fçû que leur
Langue.

Si cependant, l'ufage, ce Tyran
du bon fens, exige que notre fexe
paffe par ces pénibles inutilités ; puifqu'il ne prononce rien contre le plus
aimable, au moins dans l'éducation
de celui-ci, donnons tout à la raifon.
Un Pédant eft un être dont on rit ;
une Pédante eft un être qui indigne.

Que dans l'âge le plus tendre, on
faffe apprendre par regles la Langue du
Pays ! Comme il ne faut ici que de la
mémoire, c'eft l'ouvrage de l'aurore
de la raifon.

Lorfque la raifon fe développe,
qu'on montre la Géographie, non
pas feulement cette Géographie qui indique les lieux ; mais celle qui y joint
leur fituation refpective, leur fertilité,
leur commerce, le caractere des Peuples ; non ce caractere fondé fur les

traditions, ou les préjugés populaires
qui mettent fur le compte de tout un
Peuple, les vices, ou les vertus re-
marquées dans quelque particulier,
mais celui qui eft établi fur les monumens publics, fur les actions uniformes du gros de la nation, ou fur le
plus grand nombre de leurs ouvrages.
Qu'on y ajoûte les loix, le gouvernement, les intérêts reciproques ; en un
mot, tout ce qui peut faire connoître
les hommes de nos jours.

Dans l'âge où la raifon eft formée,
déployez les plus belles parties de
l'Hiftoire ancienne & moderne. Ap-
puyez fur les morceaux qui offrent
des devoirs relatifs à la focieté ; &
relevez avec foin les faits qui tracent
des vertus particulieres à ce fexe, &
à la carriere où l'on deftine fon éleve.
Pour tous les traits moins intéreffans,
il ne faut pas les paffer ; mais les préfenter dans une expofition concife qui

en montre la liaifon , & en dérobe les
détails. L'abrégé Chronologique de
M. Boffuet , ne laiffe rien à fouhaiter
pour l'Hiftoire ancienne. Il feroit heureux qu'un nouvel Ecrivain en fît une
feconde partie qui dégénerât moins de
la premiere.

Il eft tems alors de montrer la *Phy-*
fique ; mais fans Mathématiques. Je
n'aime point une femme qui calcule.
On peut , fans le fecours de la Géo-
metrie , faifir les principes des plus
grands Philofophes , & connoître le
fond des fyftêmes les plus difficiles.
Pour la fupputation du détail , c'eft
une affaire de fçavant. Il ne faut ici
qu'une perfonne inftruite. Sur - tout
qu'on s'attache à la Phyfique expérimentale , & à l'Hiftoire de la Nature.
La vérité vaut toujours mieux que la
vraifemblance.

Quand le tems a tout-à-fait mûri le
jugement , exercez-le fur les recherches

ches de la *Métaphyfique.* Il n'eſt aucune Science qui éleve autant l'eſprit.
Si elle ne donne pas toujour la connoiſſance de ſes ſublimes objets, elle
donne ce qui eſt le plus heureux après
elle; la ſcience de douter. Rien n'é-
touffe plus l'eſprit que la confiance
dans nos idées. Rien ne l'anoblit davantage que la perſuaſion de leur foibleſſe.

Enfin appliquez l'eſprit à la Morale. Faites-lui rechercher l'origine des
Sociecés, les principes de leur union,
les ſources des devoirs, & l'intérêt
que nous avons à les pratiquer. Ecar-
tez tous les menſonges qui favoriſent
la Vertu. C'eſt la détruire que de la
ſervir par l'impoſture.

Lorſque ces ſciences auront rendu
l'eſprit ſolide & éclairé, laiſſez - le
jouir de toutes les Graces des Ecrits
aimables, Poémes épiques, Tragédies,
Romans, Poëſie lyrique, ouvrages de
C c

sentiment . . . . . . Ne craignez point l'Amour, pourvû qu'il se peigne avec décence, & qu'il se montre uni à quelque Vertu

Prétendre arrêter cette passion, ce seroit lutter contre le cours d'un torrent rapide. Les digues dont on veut la resserrer, ne font qu'ajoûter à son impétuosité. Puis donc que le triomphe de l'Amour est inévitable, loin de le dérober aux yeux, accoutumons-les à le voir toujours en bonne compagnie.

F I N.

DIALOGUE.

DIALOGUE.

ALCIPPE, ORONTE.

ORONTE.

OUI; cette retraite eſt charmante.
La Nature ſourit ici de toutes
parts à vos travaux littéraires. Ce jar-
din orné de mille eſpéces de fleurs ; la
fraîcheur délicieuſe que l'on goûte à
l'ombre de ces arbriſſeaux qui char-
ment la vûe, & qui flattent l'odorat ;
cette pente douce qui conduit juſqu'aux rives heureuſes de ce fleuve ;
ces vaſtes prairies entrecoupées de ca-
naux, remplies de bocages, ſemées de
hameaux dont les toîts ſe mêlent avec
les arbres qui les environnent ; la
Ville qui paroît dans le lointain ; cette
chaîne de montagnes couverte de vi-

gnobles qui terminent fi paifiblement
ici l'horifon ; la mer dont les flots
agités bornent de cet autre côté la vûe
avec une agréable horreur ; tout cela
offre un fpectacle qui ravit , qui attache , qui fait naître malgré foi un
goût pour la folitude. Une feule chofe
vous manque ici.

ALCIPPE. Hé! Quoi?

ORONTE. La Fortune.

ALCIPPE. Elle y eft inutile.

ORONTE. Elle y meneroit le bonheur.

ALCIPPE. Il y eft venu fans elle.

ORONTE. Il n'y peut être fans les
plaifirs ; ils fuivent toujours les pas de
cette aveugle Déeffe.

ALCIPPE. Je renonce aux plaifirs
qu'elle donne. *J'ai connu leur néant,
j'ai quitté leurs chimeres.*

ORONTE. Pompeufe illufion ! Def-
cendons , cher Alcippe , de ces idées
fublimes , & ne rougiffons point de

nous abaiſſer à des idées plus vraies. Ce mépris de richeſſes eſt injuſte. Il n'y a qu'une imprudente inexpérience qui en inſpire le dangereux dédain. Une vive imagination échauffée par la lecture de quelques Déclamateurs , ſe laiſſe emporter à l'image d'une félicité oiſive qu'adopte la Pareſſe. Content de ſoi-même , on penſe ſe ſuffire. On né- glige de précieuſes occaſions qui fuyent ſans retour. Bientôt la duppe de ſon ſy- ſtême , on en déplore ; mais trop tard , les funeſtes conféquences. L'orgueil qui nous empêche d'en faire l'aveu , nous jette alors dans les bras d'une vaine Philoſophie qui devient l'hôpital de ceux, que les Lettres ont rendu mal- heureux. Fait pour aſpirer aux Hon- neurs , pourquoi par une inutile ſpé- culation , vous arrachez-vous à votre deſtinée ? Maître encore d'en jouir , ne vous obſtinez plus à une obſcurité dont les tardives réflexions éclairant un jour les difgraces , n'exciteronr plus chez vous que d'impuiffans regrets.

ALCIPPE. Des regrets ! Et pourquoi en aurois - je d'avoir vécu heureux ? Non , Oronte, l'oftentation , & l'indolence , n'ont point décidé mon choix : c'eft la Raifon elle même éclairée par l'expérience , qui m'a fait prendre ce parti que vous blâmez. Vous riez ? Je laifferois tout autre dans fon erreur. Que m'importent les fuffrages de ceux que je méprife ? En m'infpirant de l'eftime , vous m'avez rendu jaloux de la vôtre. Je vous fais mon arbitre ; prononcez fur mes motifs. Perfuadé que le meilleur ufage des lumieres étoit de s'en fervir pour fe rendre heureux , j'ai examiné les différentes routes qui pouvoient me conduire à ce but. Je n'en ai pas jugé fur le rapport du grand nombre ; mais dégagé de tous préjugés j'ai ofé les effayer moi-même. Je

les

les ai vûes ; je n'ai apperçu dans la
plûpart qu'une fauſſe lueur ; des mi-
feres réelles ſous des apparences brillantes ; des nuages obſcurs, embellis
pour quelques inſtans des plus éclatantes couleurs. J'ai vû les cercles les plus
vantés, remplis de préjugés puériles,
ſoutenus par des bagatelles faſtidieu-
ſes, déshonorés par des médiſances
criminelles, ſouvent par des calom-
nies odieuſes : J'ai vû les Amours in-
voqués par la vanité, banis par les
ſubits dégoûts, dévoilés par les indiſ-
crétions ſanglantes, ſuivis des hainnes
atroces : j'ai vû l'Amitié, ce bien le
plus précieux des hommes, avilie par
le caprice, & ſacrifiée par l'intérêt :
j'ai vû des Protecteurs arrogans & in-
humains, des égaux jaloux & impoſ-
teurs, des inférieurs rampans & perfides.

Au contraire, ma ſolitude offre de
tous côtés des plaiſirs ſans mêlange.

D d

Une suite nombreuse ne m'y rend
point un importun hommage : des
mêts nuisibles ne couvrent point une
table entourée de Parasites adulateurs :
un impure Laïs ne me vend point les
faveurs qu'elle paye à un autre ; mais
tranquile, indépendant, je réflechis,
je m'éclaire, je cherche la vérité, &
elle me mene à la vertu. Pope me les
montre ; Usbek me les fait aimer. Je
sonde les merveilles de la Nature : tantôt je veux connoître la substance de
mon ame, & je m'éleve aux sublimes
visions de Malebranche, où je me
contente d'en suivre avec Looke quelques effets : tantôt j'admire avec Wins-
lou la solidité des fragiles ressorts qui
font mouvoir la machine que j'anime,
ou je m'égare dans l'incertitude des
remédes qui la réparent. Quelquefois,
juge de Descartes & de Neuton, je
fais marcher les corps célestes dans un
vuide immense, par une Attraction

que j'ignore ; un moment après , je
les fais voler avec aifance dans une
matiere plus compacte que l'or , par
une impulfion qui ne m'eft pas plus
connue. L'aimable Fontenelle m'invite
à des mondes nouveaux , tandis que
les rapides pinceaux de Boffuet & de
Montefquieu , font paffer devant moi
les illuftres brigans qui ont mérité les
hommages de celui-ci , en le défolant.
Homere me tranfporte au milieu des
combats : j'admire Achille , je m'inté-
reffe pour Hector. Monime partage
mes larmes avec Zaïre ; Pauline m'enchante ; Cinna m'étonne ; je frémis
pour Rhadamifte. Je reconnois les Tar-
tuffes dans une peinture qui me charme. Horace la bouteille à la main , fa
Glicere fous le bras , couché dans un
char traîné par les Satyres , fe montre
à moi dans un défordre que couronnent les Graces ; Rouffeau marche derriere lui d'un air plus fombre , & me-

fûre davantage fes pas. Catulle me lit fes ouvrages délicats ; mais il fuit avec un œil jaloux quand il voit Greffet qui m'apporte fa Chartreufe. Je vais avec Virgile dans les bois , & je crois entendre les fons harmonieux dont il faifoit retentir les forêts de Mantoue , pour fa belle Amarillis.

ORONTE. Je vous félicite d'être fi bien accompagné dans votre hermitage. Cette Societé eft riante ; mais je veux que vous goûtiez les plaifirs. Au moins le refpect des hommes eft un bien qui vous manque.

ALCIPPE. De quels hommes ?

ORONTE. De beaucoup. Je fçais qu'une fortune médiocre n'eft jamais par elle - même un objet de mépris quand elle eft unie à laVertu ; la Vertu n'en eft que plus vénérable à mes yeux. J'eftime mieux . . . . . . dans fa pauvreté , que . . . . . . dans tout fon éclat. Mais peu de gens ont ces fentimens, & prefque tous agiffent d'une maniere contraire.

ALCIPPE. Eh que fait l'eftime de ceux-ci?

ORONTE. On eft toujours jaloux du dernier fuffrage.

ALCIPPE. Il y a long-tems que j'y ai renoncé. Quel homme vivroit tranquille, s'il faifoit dépendre fon repos d'un Public qui varie fans ceffe? Ne fçavez-vous pas que la réputation eft un phantôme qui s'éleve fans fujet, qui fe détruit fans caufe, aujourd'hui adoré, demain évanoui? Malheureux qui met fon bonheur à être l'Idole d'un vulgaire injufte & inconftant, divifé avec lui-même, dont une partie méprife ce que l'autre admire! L'eftime d'un petit nombre qui penfe, eft la feule dont je fois jaloux.

ORONTE. Mais la méritez-vous?

ALCIPPE. Comment?

ORONTE. Pardonnez ma franchiſe , c'eſt le défaut d'un ami. Il me ſemble que nous ne devons eſtimer un citoyen qu'à proportion qu'il eſt utile à l'Etat. Je reſpecte un Guerrier qui le défend contre les étrangers; un Magiſtrat qui empêche les violences domeſtiques; un Orateur qui démaſque l'injuſtice , & ſoutient l'innocence. Mais l'homme de Lettres! Il amuſe un moment , & voilà ſon ſort.

ALCIPPE. Ainſi , content que les vices groſſiers ſoient bannis de la Societé , vous vous embarraſſez peu que les vertus y ſoient en honneur.

ORONTE. Pouvez-vous me prêter une pareille penſée ? Perſonne ne les croit plus néceſſaires que moi. Quel cœur ne ſent pas le prix de l'humanité qui pand tant de charmes ſur nos jours ?

ALCIPPE. Dans quel rang mettriez-vous un citoyen qui tendroit à l'inſpirer ?

ORONTE. Au premier.

ALCIPPE. Placez-y donc l'homme de Lettres. Son Art n'eft autre chofe que la Vérité & la Vertu, ornées de toutes les graces qui peuvent les faire aimer. Il les montre dans des préceptes concis ; il les peint par des figures hardies ; il les inculque par des images fortes ; il les fait goûter par des tours délicats ; il les infpire en les tournant en fentiment ; il les enchaîne dans des accords harmonieux ; il les produit dans des fpectacles enchanteurs ; il les mêle avec des exemples touchans, des fictions brillantes, des idées flatteufes ; & s'il invite l'Amour, ce n'eft que pour faire entrer le devoir à la fuite d'une paffion qui tient la clef du cœur humain.

ORONTE. Vaine déclamation ! Il eft facile de peindre en beau les objets les plus difformes. Ils font tous comme ces mafques des anciens d'un côté expreffifs de la joie, & qui de l'autre

montroient les allarmes. Qu'il me feroit aifé de difcourir , fi je voulois
faire valoir contre vous les traits de la
Satire , la noirceur des Epigrammes ,
les flatteries des Orateurs , les maximes corrompues de vos Lyriques ,
l'obfcénité de vos Contes... enfin mille
autres crimes......

ALCIPPE. Ou mille autres abus.

ORONTE. Mais quand les abus
d'un Art font toujours plus fréquents
que l'ufage , cet Art eft perni-
cieux.

ALCIPPE. Sans doute ; mais ce
n'eft point ici le cas. Pour deux ou
trois Artiftes infortunés qui avilifſent
aujourd'hui leur foible étincelle dé-
vouée au vice , il en eft trente qui
confacrent leurs talens à la vertu.

ORONTE. Je le veux croire ; &
laiffant à part des inductions particulieres toujours fautives , recourons à
des exemples publics qui font la regle.

Il est constant que les Peuples, & les siécles les plus éclairés ont été les plus vicieux.

ALCIPPE. Quelle erreur, mon cher Oronte ! J'ai lû les Histoires de tous les tems. J'ai toujours vû marcher ensemble le vice & l'ignorance ; les vertus & les lumieres. L'Egypte, le berceau des Arts, est en même tems celui des loix raisonnables. Les siécles des vertus de la Gréce sont les beaux jours des Lettres. Athènes produisit dans le même âge, ces hommes prodigieux qui la défendoient contre d'innombrables Barbares, & ces Poëtes sublimes qui l'enchantoient sur les théâtres ; ces Politiques illustres qui la gouvernoient avec tant de sagesse ; & ces Génies aimables qui prêtoient à la Philosophie tant de charmes. On vit disparoître en même tems les Euripides & les Iphicrates. Il n'y eut plus de Périclès, quand il n'y eut plus de Socrates.

Les Latins, Peuple poli, fourniffent mille exemples de grandeur. Carthage, République groffiere, n'en préfente que de férocité. Rome agitée dès fa naiffance, fans ceffe troublée dans fon cours, ne voit enfin luire des jours fe-rains, que fous l'augufte Protecteur des Sciences. Remarquez la différence des Conquérans qui les ont cultivées, & des Vainqueurs qui les ont méprif-fées. La clémence & le bonheur fui-vent les chars de victoire d'Alexandre & de Cefar : tout périt fous les Goths, les Arabes & les Tartares. Qu'étoit-ce que l'Europe, il y a quelques fiécles ? Le théâtre du carnage & de la fuperfti-tion, où l'on voyoit fuccéder fans in-terruption, des guerres fanglantes, des victoires cruelles, des traités perfides, des trahifons odieufes, des révolutions rapides. Aujourd'hui tranquille, florif-fante, elle voit fes Princes équitables, fes Peuples foumis, fes Empires unis

entr'eux. Si quelque orage altére cette
férénité, l'humanité dirige les bras qui
lancent la foudre ; & bientôt une fo-
lide paix rétablit la félicité. Qu'eft il
befoin de chercher des exemples étrangers ? Rappellez - vous le tems où la
France étoit courbée fous le Sceptre
enfanglanté des Valois. Des Vaffaux
infortunés, des Seigneurs tyrans, une
Nobleffe fans ceffe armée contre elle-
même, des Guerriers décidant les plus
légéres querelles par des flots de fang,
des Magiftrats ignorans, des Pontifes
féditieux, une politique groffiere, des
troubles perpétuels ; voilà l'ébauche des
malheurs de ces tems. Comparez-les à
ces jours, où cette même France triomphe fous la domination des Bourbons,
où un fage gouvernement donne le
calme, où les loix arrêtent l'injuftice,
où la récompenfe excite l'induftrie, où
les Honneurs invitent la Vertu, où une
douce aménité répand fes agrémens

dans les Sociétés les plus viles. Quelles font les époques de ces changemens prodigieux ? Celles de la renaiffance des Lettres , les regnes des Léons , des Richelieus, & des Louis. Il femble que les Arts foient un foleil du Printems qui développe les refforts engourdis de la Nature , les anime , les pouffe , & leur donne la force de produire ce nombre prodigieux de fleurs brillantes qui la couronnent , & de fruits utiles qui la réparent.

F I N.

APPROBATION.

J'AI lû par ordre de Monseigneur le Chancelier, un Manuscrit intitulé : *Considérations sur les Révolutions des Arts* ; & je n'y ai rien trouvé qui puisse en empêcher l'impression. A Paris, ce 19. Septembre 1754.

COQUELEY DE CHAUSSEPIERRE.

PRIVILEGE DU ROI.

LOUIS, par la grace de Dieu, Roi de France & de Navarre : A nos amés & féaux Conseillers les Gens tenans nos Cours de Parlement, Maîtres des Requêtes ordinaires de notre Hôtel, grand Conseil, Prévôt de Paris, Baillifs, Sénéchaux, leurs Lieutenans Civils, & autres nos Justiciers qu'il appartiendra ; Salut. Notre amé Alexandre DE MEHEGAN nous a fait exposer qu'il desireroit faire imprimer, & donner au Public un Ouvrage qui a pour titre : *Considérations sur les Révolutions des Arts* ; s'il Nous plaisoit lui accorder nos Lettres de Privilége pour ce nécessaires. A CES CAUSES, voulant favorablement traiter l'Exposant, Nous lui avons permis, & permettons par ces Présentes, de faire imprimer ledit Ouvrage autant de fois que bon lui semblera ; & de le faire vendre, & débiter par tout notre Royaume, *pendant le tems de six années consécutives ;*

à compter du jour de la datte des Préfentes : Faifons défenfes à tous Imprimeurs, Librai- res & autres perfonnes de quelque qualité & condition qu'elles foient, d'en introduire d'impreffion étrangere dans aucun lieu de notre obéïffance ; comme auffi d'imprimer, ou faire imprimer, vendre, faire vendre, débiter, ni contrefaire ledit Ouvrage, ni d'en faire aucun Extrait, fous quelque pré- texte que ce puiffe être, fans la permiffion expreffe, & par écrit dudit Expofant, ou de ceux qui auront droit de lui, à peine de confifcation des Exemplaires contrefaits, de trois mille livres d'amende contre chacun des contrevenans, dont un tiers à Nous, un tiers à l'Hôtel-Dieu de Paris, & l'autre tiers audit Expofant, ou à celui qui aura droit de lui, & de tous dépens, dommages & inté- rêts ; à la charge que ces Préfentes feront enregiftrées tout au long fur le Regiftre de la Communauté des Imprimeurs & Librai- res de Paris, dans trois mois de la datte d'icelles ; que l'impreffion dudit Ouvrage fera faite dans notre Royaume, & non ailleurs, en bon papier & beaux caracteres, confor- mément à la feuille imprimée, attachée pour modéle fous le Contre-Scel des Préfentes, que l'Impétrant fe conformera en tout aux Reglemens de la Librairie, & notam- ment à celui du 10. Avril 1725. qu'avant de l'expoier en vente, le Manufcrit qui aura fervi de copie à l'impreffion dudit Ou- vrage, fera remis dans le même état où l'Approbation y aura été donnée, ès mains de notre très-cher & féal Chevalier, Chan- cellier de France, le fieur DE LAMOIGNON ;

& qu'il en sera ensuite remis deux Exemplaires dans notre Bibliothèque publique, un dans notre Château du Louvre, un dans celle de notre très-cher & féal Chevalier, Chancelier de France, le sieur DE LAMOIGNON, & un dans celle de notre très-cher & féal Chevalier, Garde des Sceaux de France, DE MACHAULT, Commandeur de nos Ordres : le tout à peine de nullité des Présentes. Du contenu desquelles vous mandons, & enjoignons de faire jouir ledit Exposant, ou ses ayant causes, pleinement & paisiblement, sans souffrir qu'il leur soit fait aucun trouble, ou empêchement. Voulons que la copie desdites Présentes, qui sera imprimée tout au long au commencement, ou à la fin dudit Ouvrage, soit tenue pour duement signifiée, & qu'aux copies collationnées par un de nos amés & féaux Conseillers Secrétaires, foi soit ajoutée comme à l'original. Commandons au premier notre Huissier, ou Sergent sur ce requis, de faire pour l'exécution d'icelles, tous actes requis & nécessaires, sans demander autre permission ; & nonobstant clameur de Haro, Charte Normande, & Lettres à ce contraires : Car tel est notre plaisir. DONNE' à Fontainebleau le vingt-huitième jour du mois d'Octobre, l'an de grace mil sept cent cinquante quatre, & de notre regne le quarantième. Par le Roi en son Conseil.

PERRIN.

Je soussigné Guillaume Alexandre DE MEMEGAN Ecuyer, cède & transporte au sieur Brocas le jeune, Libraire à Paris, le préfent Privilége, pour en jouir à perpétuité, selon nos conventions, comme d'une chose à lui appartenante, & en disposer ainsi qu'il lui plaira. Fait à Paris ce 4. Novembre 1754.

G. A. DE MEHEGAN.

Regifré enfemble la préfente Ceffion fur le Regiftre XIII. de la Chambre Royale des Libraires & Imprimeurs de Paris, N°. 442. fol. 342. conformément aux anciens Reglemens, confirmés par celui du 28. Fevrier 1723. A Paris le 5. Novembre 1754.

DIDOT, *Syndic.*

De l'Imprimerie de C. F. SIMON, Imprimeur de la Reine, & de l'Archevêché, 1755.

& qu'il en fera enfuite remis deux Exemplaires dans notre Bibliothéque publique,
un dans notre Château du Louvre, un dans
celle de notre très-cher & féal Chevalier,
Chanchelier de France, le fieur DE LAMEI-
GNON, & un dans celle de notre très-cher
& féal Chevalier, Garde des Sceaux de
France, DE MACHAULT, Commandeur
de nos Ordres : le tout à peine de nullité
des Préfentes. Du contenu defquelles vous
mandons, & enjoignons de faire jouir ledit
Expofant, ou fes ayant caufes, pleinement
& paifiblement, fans fouffrir qu'il leur foit
fait aucun trouble, ou empêchement. Voulons que la copie defdites Préfentes, qui fera
imprimée tout au long au commencement,
ou à la fin dudit Ouvrage, foit tenue pour
duement fignifiée, & qu'aux copies collationnées par un de nos amés & féaux Con-
feillers Secrétaires, foi foit ajoûtée comme
à l'original. Commandons au premier notre
Huiffier, ou Sergent fur ce requis, de faire
pour l'exécution d'icelles, tous actes requis
& néceffaires, fans demander autre permiffion ; & nonobftant clameur de Haro,
Charte Normande, & Lettres à ce contraires : Car tel eft notre plaifir. DONNE' à
Fontainebleau le vingt-huitiéme jour du
mois d'Octobre, l'an de grace mil fept cent
cinquante quatre, & de notre regne le qua-
rantiéme. Par le Roi en fon Confeil.

PERRIN.

Je fouffigné Guillaume Alexandre DE ME-
MEGAN Ecuyer, cède & tranfporte au fieur
Brocas le jeune, Libraire à Paris, le pré-

fent Privilége, pour en jouir à perpétuité, felon nos conventions, comme d'une chofe à lui appartenante, & en difpofer ainfi qu'il 'ui plaira. Fait à Paris ce 4. Novembre 1754.

G. A. DE MEHEGAN.

Regiftré enfemble la préfente Ceffion fur le Regiftre XIII. de la Chambre Royale des Libraires & Imprimeurs de Paris, N°. 442. fol. 342. conformément aux anciens Reglemens, confirmés par celui du 28. Février 1723. A Paris le 5. Novembre 1754.

DIDOT, *Syndic.*

De l'Imprimerie de C. F. SIMON, Imprimeur de la Reine, & de l'Archevêché, 1755.

www.ingramcontent.com/pod-product-compliance
Lightning Source LLC
Chambersburg PA
CBHW070329030726
47505CB00004B/1139